JN248331

Presented by
黒おーじ
[Illust.] teffish
育成スキルはもういらないと
勇者パーティを解雇されたので、
退職金がわりにもらった
【領地】を強くしてみる

「ここが遠雲か……」
STATUS
地名══遠雲
潜在職性══強国

多彩な人材を
輩出し
稀少な鉱石を
産出し
肥沃な土地に
恵まれた

「ボスは俺が殺る――」

エイガは飛翔し――
敵の眉間に向けて
剣を一閃した!!

Contents

Because I was fired from
the brave party,
Strengthen Dominion
with fostering skills.

Strengthen Dominion
with Fostering skills

育成スキルはもういらないと勇者パーティを解雇されたので、退職金がわりにもらった【領地】を強くしてみる

Presented by
黒おーじ
【Illust.】teffish

《第1章》育成スキル

第1話　パーティの解雇

「ちょっと話があるんだが、いいか？」

宿（やど）の廊下で勇者にそう肩を叩（たた）かれたとき。俺（おれ）にはもう、なんとなく察しがついていた。

「……ああ。いいよ」

俺がそう応（こた）えると、ふたりで階下のバーへ向かう。


カラン……


「なににいたしましょう？」

とバーテンが尋ねる。

「俺は焼酎（しょうちゅう）水割り」

「オレはジン・トニックで」

そう注文したきり、勇者は黙ってしまった。

俺はタバコに火を付けて、ヤツの口が開くのをジッと待つ。

「……」

「っ……」

そして、カウンター・テーブルにグラスが置かれる頃。

ようやく勇者がこう切り出したのである。

「なんつーか。オレたちもやっとここまできたって感じだよな」

「うん」

俺はタバコの煙を吐き出しながらうなずいた。

「でも、オレはこのパーティをもう一段上の次元に進めたいんだ。具体的に言うと……これからは積極的に『魔王級』も討伐の視野に入れて行こうと思っている」

「それがいい。もうみんなそれだけの力は持っているさ」

「……うん。ついては『パーティ編成』の見直しを考えているんだが……。えっと、その……。これからは魔王級のクエストについて来られない者はみんなの足手まといになるし、きっと本人にとってもイイことはないんだ。わかるだろ？」

「ああ」

「だから……」

わかってる。

わかっているから、そんなツラそうな顔をするな。

「悪いが、お前にはパーティをやめてもらう」

勇者は眉間にシワをよせて、そう宣告した。

「ふたりでパーティ組んでさ。冒険で『てっぺん』取ろうぜ！」

6年前。

そんなふうに俺を誘ったのはクロスの方だった。

魔法大学校で『卒業後の進路をどうするか？』って時期だったと思う。

俺自身は（自分で言うのもなんだけれど）魔法試験の成績はよかったし、就職に関しては『選べる立場』ってやつだった。いくつかの王侯貴族からもスカウトが来ていたしな。

「お前さぁ。どんなにイイトコの王族に仕(つか)えたって、そんなヤツ世の中には数えきれねえほどいるんだぜ？　出世ったって、たかが知れてるしな。……まあ、そりゃ安定した収入は得られるかもしれねえよ？　でも、そんなレールの敷かれた人生、オレだったらイヤだね」

クロスがそんなガキみたいなことを言って説得を始めるから、俺は口の端から「くくっ」と笑いをこぼしてしまった。

「むっ、なんだよ……」

と機嫌を損ねたようすのクロス。

「いや、別に」


まあ……笑いはしたが、俺もこの頃はクロスとほとんど同じようなことを考えてはいたのである。

だって、もし俺が王侯貴族に仕えることになったとしても、俺にはその主人へ心から忠誠を誓えるような土地的な義理なんてどこにもないのだ。

きっと、月給（サラリー）をもらうために嫌嫌（いやいや）職場へ出て、仕事をしている『フリ』をするのが関の山だろう。

確かに、そんなのはイヤだ。

俺はもっと、俺の能力を、俺自身のために使える自由な立場がほしかった。誰（だれ）でもやれる平凡な仕事に四苦八苦したまま埋もれたくなんかない。俺だけができる仕事をやり、それによって俺が評価されたい。そして、もっと華やかで、有名になって、大勢の注目を集めて……

と、そんなふうに思ってた。


ただ、俺には一方で、そういう『いかにも若者』みたいな安っぽい自意識過剰を恥ずかしく思う自意識もあったのである。だって、『レールに乗った人生なんて嫌だ』なんて、あまりに夢見がちで、ベタすぎるだろ？

そこらへん、クロスのやつは恥ずかしげもなくナチュラルに『我』をむき出しにするところがあったので、ひどく背筋をムズ痒くさせられることも多かったのだけれど、でも同時にコイツのそういう正直でいられるところが『うらやましく』思われたのも確かだった。

「いいよ」

「え？」

「やろう。冒険を。俺とお前のふたりで」

俺がそう答えると、クロスは「だよなー。お前はやっぱそういうヤツだ」と笑ってガシッと肩を組んできた。

俺はなんだかテレくさくなって、ため息まじりに「やれやれ」などとつぶやいていたっけな。

もっとも。俺のそんな決断を、魔法学校の先生はもちろん他の友達もみんな「やめとけって！」と言って止めた。

そりゃそうだ。

冒険者といえば華やかな伝説ばかりが目立つけれど、じっさいに成功するヤツなんてほんのひと握り。冒険パーティが100できたとして、そのうち5年先まで残っているのはひとつふたつだけ。いわば人生そのものをギャンブルに賭けるようなものである。

でも、ギャンブルはギャンブルでも、俺には『勝算』があったのだった。

勝算とは、クロスの才能だ。

まあ、クロスは魔法大学校の成績を見ればむしろ落ちこぼれの部類に入る学生だったのだけれど、でもコイツには誰も知らない天才があった。

それは【勇者】の職性である。

勇者。百年にひとりの超レア属性。パーティにその勇者がいれば、それだけでもう伝説級の冒険者たちと肩を並べられる……そんな超ド級の職性だ。

ただし、このことは他の誰も……クロス本人すら知らないことだった。

俺だけがソレを知っていたのである。


では、なぜ俺だけがヤツの職性を知りえたのか。

それは、魔法大学校での俺の『スキル専攻』が【育成】であり、育成の最高級魔法である【女神の瞳(ひとみ)】を（ゼミの指導教官にも内緒で）会得(えとく)していたからだった。

この【女神の瞳】によって、俺には
1『誰がどんな職業に向いているか』
2『そいつがこれからどんなスキルや魔法を会得しうるか』
が、ひと目でわかるのである。

ようするに、俺には『クロスが勇者になりえること』がわかっていた。

だからコイツとパーティを組んで冒険をやるなんていう『冒険』に賭けてみたのである。

とは言え。

じっさいにふたりで冒険者を始めてみると、これがすげえ大変だった。

勇者の職性が開花する前のクロスは全然弱かったし、よくこれで冒険者になろうと志したもんだと逆に感心することもしばしば。

なんとか俺が一般教養過程でひととおり習った基本魔法でスライムなどを倒してお茶を濁すのが精一杯。

それじゃ食っていかれないから、ふたりでアルバイトもしたっけな。

しかし、俺の専門スキルの【育成】にはもうひとつ【祝福の奏】という魔法があった。この【祝福の奏】は、術者がパーティに所属していれば経験値の獲得が2倍になるという超高等魔法である。

それで最初は全然弱かったクロスもだんだん戦えるようになっていった。

それなりの戦いをこなして冒険者界隈でちょっとずつ認知されると仲間も募りやすくなる。俺は【女神の瞳】で職性や習得可能スキルを見極めつつ、3人目、4人目と仲間を増やしていった。

こうして俺たちの冒険は少しずつ軌道に乗っていったんだ。

◇

カラン……

傾くグラスに酒と氷。

「あれから6年か」

今やまさしく【勇者】となったクロスがそうつぶやいた。

「あっという間だったな」

「うん。夢中だったんだ。俺たち」

そう。

夢中になって冒険を繰り返すうちに、パーティはどんどん強くなった。対して、俺のパーティ内での重要度はどんどん下がっていったのである。

パーティの陣容が固まるまでは【女神の瞳】はすごく役に立った。ある程度のレベルに達するまでは【祝福の奏(かなで)】もありがたがられた。でも、今や『魔王級』のクエストにかかろうという上級のパーティには必要のないスキルである。

だって、このパーティにはもはや前衛も後衛もタレントぞろいだから、これ以上仲間を増やす必要もない。また、みんなこのレベルになれば単純な数値というよりは、『自分自身のスキルをいかに磨き練りあげるか』という域に達するので、経験値2倍の意味合いもほとんどない。

そして俺自身の戦闘能力は、専門外の攻撃魔法や回復魔法もそつなくこなすぶん、どれも中級以上に行くことはなかったのだ。だから、日を追うごとに上級の冒険についていけなくなっていることも自分でわかっていた。


むしろ今までパーティを追い出されなかったのは、かつての俺の貢献度があるぶん、みんな気をつかうところがあってのことじゃねえかな……


そう思っていたから、俺はクロスの解雇宣告を、静かに受け入れたのだった。

「じゃあ。装備やアイテムなんかは今日中にまとめてパーティに返却するよ」

「それはいいよ。お前の『もちもの』はお前がもっていけばいい」

「いいのか？　『個人が装備しているアイテムも、あくまでパーティ全体のもちものなのよ』って、ティアナのやつに叱(しか)られるぜ？」

「ははっ、だいじょうぶだって。アイツもお前がどれだけこのパーティに貢献してきたか、よくわかってる。それに、お前もまた自分で冒険やるつもりなんだろ？　装備もなしでイチからじゃ、あんまりにキツイだろうよ」

「ん……悪いな」

俺は、その点は素直にお情けに甘えることにした。


さて。

気づくと、俺も勇者もグラスを空にしている。

「オレたちは明日の夕方の船でザハルベルトへ向かう」

ザハルベルト。

冒険者ギルドの総本山がある、冒険者にとっての『花の都』とも言える土地だ。

「……そうか」

「だから、お前の『お別れ会』は明日の昼になるな」

「お別れ会って……あいかわらずガキだなぁ」

「むっ、いいじゃねえか。あ、その『お別れ会』のあとにティアナと面談しておいてくれ。装備アイテム分与のこととか、アイツじゃないとわからないからな」

「ああ、わかった。じゃあ、俺はそろそろ寝るよ」

「そっか。あのさ、エイガ。その……ありがとうな」

「なにがだよ？」

「……なんとなくだ」

クロスはそうつぶやき、顔をそらす。

俺はどう返していいか少し迷ったが、

「ふーん。そっか……じゃあな」

と言って席を立った。

第2話　退職金がわり

チュンチュン……

朝。宿の木窓から薄い陽がこぼれ、小鳥がせわしなくさえずる。


「さて、行くか」

俺は、タバコの火を灰皿へ押しつけると、鞄をつかんで立ち上がった。

すでにシャワーを浴び、着替えは済ませてある。

そう。

クロスの開く『お別れ会』だなんてクソ恥ずかしいものに巻き込まれてたまるかってんだ。

つーか、そんなん明らかにみんな気まずいだろーが。

まあ、アイツはあれで悪気はねえんだろうけど……

こういうときは、みんながまだ寝ている間にさっさと出発してしまうのが一番だ。


ガチャ……


そう思って部屋のドアを開けたときである。

「……」

ふいに部屋のドアの真横に女の気配がして、俺はビックリして部屋へ退(しりぞ)いてしまった。

「うわ！」

「おはよ」

くてんっと金髪の三つ編みを垂らして入口からのぞいてくる女を見ると、パーティで支援魔法を専門とするティアナだった。

「おはよ……じゃねえよ！　そんなトコに張り付いてなんなんだよ、こんな朝っぱらに‼」

「エイガこそ、こんなに朝早くどこへ行くのかしら？」

「うっ……さ、散歩だよ」

「そんなに大荷物で？」

「……」

なるほど。

俺が『お別れ会』をブッチするなんて、コイツにはお見通しだったたってワケか。

「ああ、そうさ。俺はもう出て行こうとしてたさ。でもよ、このまま黙って去って行くのが男の去りぎわってやつだろ。どうか止めないでくれ……」

「止めないわ」

「止めねえのかよ！」

ちょっとくらい引き止めてくれないとカッコつかねーだろうが！

「解雇した仲間の『お別れ会』とか、クロスの頭の方がおかしいのよ」

あ、やっぱ俺じゃなくても思うんだ、そーゆーの。

「じゃあ、なんなの？　お前の待ちぶせの意味は」

「パーティの『もちもの』分与のことだわ」

ティアナは、赤い枠の眼鏡を正しながら言った。

「あなた、クロスがいいって言うから装備とかアイテムとか、勝手に持って行こうとしてたでしょ。それじゃ困るのよ。パーティからアナタへ分与する資産のリストを作って来たから、確認の上、捺印（なついん）してちょうだい」

「お前、そんなことのために朝から人の部屋の前で立ってたの？」

「大切なことだわ」

はぁ……

あいかわらずだ。

クロスのことを頭おかしいって言うけど、ティアナも相当だと俺は思う。

「やれやれ。じゃあ、とりあえず入れよ」

そう言って親指を立てて部屋の方へ向けたのだが、ティアナは入ってこない。

「どうしたの？」

「……だって」

ああ。そうか。

ティアナと俺の部屋でふたりっていうのはちょっと気マズイな。

はぁ……マジめんどくせえ。

「じゃあ、ロビーでいいか？」

「ええ」

と答えたので、俺はあらためて部屋を出てドアに鍵(かぎ)をかけた。

◇

「これがパーティからあなたへ分与する資産のリストよ」

エントランス付近の宿(やど)のロビー。ティアナは俺へ一冊のファイルを渡す。

それにしても、コイツの金髪三つ編みに赤い眼鏡(メガネ)、長い手足にパンツ・ルックといった出で立ちは、いつ見てもスキのない感じがするな。

「そう言えばお前さ。クロスとはどうなの？」

俺はリストを確認しながらそう尋ねた。

「別に。あなたにはもう関係のないことだわ」

「そりゃそっか。こっちはパーティを解雇になった身だしな」

「そうじゃなくて！　……あなたから別れるって言い出したんだから、もう私が誰とどうなろうと勝手でしょうって意味よ!!」

「デカイ声出すなよ。他の客、まだ寝てるぜ」

「……」

そう言うと、ティアナはぷいっとそっぽを向いて黙りこんでしまった。


ペラ、ペラ……

沈黙の中、リストを確認してゆく俺。

しかし、「じゃあ、ここにハンコか……」と思って印鑑に朱肉をつけたとき。

リストにヘンなものが載っているのが目に入る。

「なあ、ティアナ。最後の『領地２５００穀』ってなに？」

「……それは私の裁量で、あなたへ譲渡することにした【領地】よ」

「は？」

「退職金と思ってもらえばいいわ」

いろいろとツッコミどころは多いけど、まず思うのは……

「パーティにこんな資産があったんだな」

「去年の暮れに『ギドラの大蛇（オロチ）』を滅ぼすクエストがあったでしょう？　あのときの土地の王がとても喜んでくれて、お礼にって譲りうけていたのよ。でもパーティが領地なんて持っていても仕方ないし、冒険を続けて行くのには手にあまる長物（ちょうぶつ）よね。で、このさい去って行くあなたへ押し付けてしまうのが得策だと思ったの」

「正直すぎるだろ！　……つーか、領地なんて俺にだって手にあまるって。冒険しながら治（おさ）めるとか無理だし」

と答えると、ティアナは悩ましげに『はぁ……』とひとつため息をつき、すぐにキっと居住まいを正した。

コイツは本当にビックリするほど美しい姿勢をする。鳩のような曲線を描く腰に胸は張って、サマー・ニットに包まれた小ぶりな乳房はお行儀よくツンと上を向いていた。

「エイガ、あなた。パーティを出たあと、なにをするつもりなの？」

「なにをって。まあ、まずはイチから仲間集めを……」

「私個人の意見としては、あなたはもう冒険者でいるべきではないと思うの」

「あ？」

「あなたの育成スキルは確かに超一級よ。私たちがこうして集まって、ここまで強くなれたのも、あなたの力のおかげだわ。その点はパーティの一員として本当に感謝してるの。その……あ、ありがとう」

「ティアナ……」

それは俺も自負していることだったけれど、じっさいに仲間からそう感謝されると胸が熱く、耳がピクっとして、ちょっと泣きそうになるほどだった。

「でも、あなたのスキルって、そこまでなのだわ」

⁉

「パーティを育成して、強くなると、あなたはパーティにはいられない。そういう運命なのよ。ここを出てまたパーティを育成しても同じことの繰り返しだわ」

「そんなのやってみなきゃ……」

「わからない？」

いや……それは、ティアナの言うとおりだ。

俺の育成スキルの運命。他のスキルの才能は頭打ちだし、俺ももう27歳だ。これからの可能性を云々(うんぬん)できるほどは若くはない。

そんなことくらいコイツに言われなくても自分で気づいていたさ。また同じようにパーティを組んだって、同じことの繰り返しだって。

「才能って残酷だわ。有無だけじゃなくて、才能の性質がうまく噛み合わなきゃ幸せにはなれないなんてね」

ティアナの青い瞳が空のように悲しく澄んで、俺は少したまらなくなった。

「こういう言い方はヘンだけど、私はあなたに幸せになってほしいの。このパーティをここまで育ててくれた人だもの。たとえ冒険者として成功できなくても、冒険者だけが人生じゃないのだし」

「で、『領主でもやれば?』って言いたいわけか」

「……退職金よ」

ふー……

俺は深い深いため息をついて、もう一度ティアナの顔を見る。

「ありがたく受け取っておくよ」

そして、そのままリストへ捺印した。

ティアナも長いため息をついて、

「これが領地の資料よ」

と言って別のファイルを手渡す。

「ああ。ギドラの大蛇のクエスト思い出したわ。あの極東の島国か」

「……ええ」

「いいとこだよな」

「領地はそのずっと田舎の方だけれどね」

「そっか。お前のおかげで悪くない第二の人生になりそうだな。ははっ」

「エイガ……」

「じゃあ、俺はそろそろ行くよ。みんな起きてきちまうだろうから」

と言って立ち上がったとき。

俺の上着の袖を、ティアナの指先がつまんだ。

「なに？」

「最後に聞かせて。あのとき『別れよう』って言い出したのは、クロスの気持ちに気づいてたから
じゃ……」

俺はすかさず女の指をペシっと払う。

「なわけねーだろ。考えすぎだよ。……クロスと幸せにな」

そう言って俺はつかつかと宿を去った。

第3話　出航

宿を出ると、このマリンレーベルの街はもう動き出していた。港町の朝は早いのだ。

俺は埠頭近くの喫茶店でコーヒーとモーニングを頼み、ティアナからもらった領地の資料へ目を通し始める。

ペラ……

しかし、紙の上の情報だけじゃよくわからないな。『ギドラの大蛇』のクエストで一応行ったことはあるはずなんだが。でもそのときはまさかこんなことになるだなんて思ってもみなかったから、深く記憶に留めてなどいなかったのである。

……なにはともあれ、現地へ行ってみるか。

冒険をやるんじゃなかったら他にやることもないし。それでやっぱり『こんな土地の領主なんて嫌だ』って思ったら、王に直接返却するのが一番だろう。


「じゃあとにかく、極東へ向かう船に乗らねーとな」


俺は喫茶店で朝食を済ませると、『発券所』へ行って船の便を確認する。

「極東への便は……一番早いもので今日の午後1時出発というものがありますが」

「じゃあそれで。席は二等でお願いします」

「極東行きの二等席で。ええと、しめて7万ボンドになります」

俺はお金を払って券を手に入れると、1時まではまだ時間があるので『銀行』へ向かった。

「エイガ様の預金の残り残高は、２２０５万３４５０ボンドです」

これはパーティのではなく、俺個人の預金である。

「そのうちの１５００万ボンドおろします」

「……ええと。申し訳ございません。窓口での即日お引き出しの最高限度額は１０００万ボンドとなっておりますが」

「そっか。じゃあ１０００万ボンドで」

「かしこまりました」

こうして一応まとまったお金を所持しておく。なにせ銀行がどこにでもあるとは限らないからな。

ザッザッザ……

それから今度は、『武器屋』へ向かった。

「いらっしゃい！」

武器屋の威勢のよい声。

店へ入ると何百万ボンドもする剣や、１０００万ボンド超えの鎧などの光沢に瞳を奪われるが、残念ながら俺には装備ができないものばかりだ。

俺もせめて上級の装備ができればなあ……と思うが、これぱかりは才能なのでそんなことを言っても仕方がない。とにかく俺でも装備できる中級武具を、予備として買っておいた。

特に剣やナイフは磨耗するし、向こうに鍛冶屋があるとも限らないしな。まあ、これからはもうあまり戦闘はないのかもしれないけれど、自分の身くらいは自分で守らねーとだしね。

その武器屋の隣には『道具屋』があって、むしろ多く買物をしたのはこっちだった。色々な等級の回復薬はもちろん、毒・麻痺の解消薬、聖水、お札、アウトドア・セット、お香、食器などなど思いつく限りを買い込む。

「あ、すいません。これ全部郵送で」

「ではこちらにご住所を」

「住所、確定したら連絡するんで。保管しておいてもらえませんか？　先払いするんで」

「はあ。先払いでしたらけっこうでございますが」

というわけで、俺は武器や道具で今買物したぶんはあとから現地へ送ってもらうという手配にしておいたのだった。

ドン!!　ドン!!

店を出ると、青空に空砲が響きわたる。もう正午らしい。

「そろそろ埠頭へ戻るか」

そう思って踵を返したときだった。

「あれ？　あれ、あれぇ？　エイガ先輩じゃないですか？」

聞き覚えのある声が耳に入る。

「うっ、エマ……」

そう。

ウチのパーティの回復担当、白魔道師のエマだ。コイツは一番最後にパーティへ入ってきたのだったが、そのハイレベルな回復スキルで今やパーティになくてはならない存在になっている。

「……」

それから、エマの後ろに立っているのは前衛の剣士デリー。コイツは打撃力は超絶的にあるくせに、普段はエマの後ろにくっついているばかりの無口な男だ。

今も、口を開く様子はない。

「クロス先輩がすごく探していたけれど……いいんですか？　こんなところにいて。ふふふ」

だから、こうやっておちょくるように喋（しゃべ）りかけてくるのは、いつもエマの方だった。

「お前、クロス呼ぶなよ」

「あはははっ！　クロス先輩『お別れ会』とか頭沸騰（ふっとう）したことおっしゃっていましたからね（笑）」

「あんま笑ってやるな。アイツはあれでマジなんだから」

「ははっ……確かに笑えないです」

エマの口調が少し低く変わった。

「そもそも弱い人をクビにするなんて当然のことじゃないですかぁ。クロス先輩も、ティアナ先輩も、エイガ先輩に気を遣いすぎなんですよ」

「っ……」

「先輩がこれまで居座ってきたぶん、パーティがどれだけ足踏みしてきたか。考えたことありま
す？」

「それは……」

俺がなにも答えられないでいると、エマはイラだったようにこう続ける。

「ふん……。と言うかエイガ先輩。クロス先輩やティアナ先輩が『クビだ』って言い出せなかったってこと、わかってたんでしょ？　わかってて、それに付け込んでパーティに居座ってたんです
よね？」

「……エマ」

そこで珍しく後ろのデリーが口を開いた。

「それ以上は、よせ」

「デリー……」

すると興奮ぎみだったエマもふうとひと息つく。

「……まあ、いいです。どちらにしろ今日からは自分より弱い人に先輩ヅラされることもなくなるんですしね。ふふふ。じゃあ、さようなら、先輩♪」

こうしてエマとデリーは俺の前から去って行ったのだった。

◇

「極東行きの船は1時出航でーす！　乗り場の方へおまわりくださーい！」

埠頭へは、余裕をもってたどり着いた。俺は係員の声に応じて、鞄(カバン)を持ち、立ち上がる。

しかし、客船は2隻(せき)並んで着いていた。明らかに一方へ人が集まっていたので、1時発の船が右側のそれであることはすぐにわかったけれども、左側のがどうしても気になって、ヒマそうにしていた警備員に尋ねてみる。

「あっちの船はどこへ行くんでしょう？」

「ああ、あれは西へ行く船だ」

「西、と言うと？」

「ザハルベルトまでさ。今日の6時だったかな」

やっぱり。

クロスたちはみんなで、今日あれに乗ってゆくんだ。

より高いレベルで冒険を続けるために……。


ガヤガヤガヤ……

大勢の乗客とともにタラップを登ると、俺は甲板(デッキ)の上からもう一方の船をマスト越(ご)しにジッと見つめていた。

今はこんなに近いのに、あの船は西へ行き、この船は東へ行く。

それが不思議でたまらなかった。

ちゃぷ……

カモメが翔んだ。

船が、船着きから離れる。

この船が進むたびに、あのザハルベルトへ行く船との距離はだんだんと離れてゆく。

もう小さい。

ボー……ボー……ボー……

出航の汽笛の三つ鳴るのが、まるで人の泣く音のように聞こえた。

第4話　スカハマ

船は4泊5日だった。

船中はただでさえ退屈なのにひとりぼっちだから、俺は本を読んだり、ケチな博打（ばくち）を打ったりなどして時間を潰（つぶ）していたのだけれど……

「あれ？　旦那？　エイガ様じゃねースか？」

そう声をかけられたのは、食堂でカレー・ライスを食べているときであった。

振り返ると……なるほど見覚えがある。そのエクボの目立つニヤケ顔（づら）。歳（とし）は俺のふたつ3つ下だっけ。

そう。

コイツは冒険者時代に馴染（なじ）みのあった『旅の商人』だ。

名前はなんだっけな？

「いやあ、やっぱり！『奇跡の5人』のエイガ様だ。奇遇ッスねー！」

大声で近寄ってきて、なれなれしく俺の隣の席に座る商人。


あっ。ちなみに、彼の言う【奇跡の5人】って恥ずかしい名前は、勇者パーティの異名である。

ただし、その『5人』というのは前述の勇者クロス、ティアナ、エマ、デリー、そして俺……と言いたいところだがそうではない。パーティにはもうひとり【攻撃的ウィザード】の『モリエ』という天才がいて、最後のひとりはそいつのことなのだ。

つまり、俺は『奇跡』の中に入っていないというワケ。

超ウケる（泣）
でも……そう言えばモリエのやつ。
この間は単独遠征で別行動だったからよかったものの、ヤツが帰ってきて『俺の解雇』って事実を知ったら、またパーティにひと嵐（あらし）吹くんだろうなぁ。

ざわ……ざわざわ
さて、そうこう考えていると、なにやら食堂がざわめいているのに気づく。

「おい、あの人。『奇跡の5人』の人だってよ」

「え、マジで？　あの勇者の？　サイン貰（もら）ってこようかな」

「アタシ、デリー君のファンなのよねー」

よく聞くとこんな調子だ。


「おい、お前。他の客さわがすんじゃねーよ。マジで」

俺は横に座ったエクボの商人をギロリと睨（にら）む。

「いいじゃねースか。本当のことなんスから」

「チッ……。お前、俺が5人に含まれてないこと知ってんだろ」

「知ってますよー。だから幻の六人目（シックスマン）なんでしょ」

いや、意味わかんねーから。

「ところで旦那。ひとりなんスか？　ティアナさんは？」

「……ひとりだよ。今はただの観光客さ」

「へえ。冒険者も観光なんてするんスね」

「ま、まあな」

「せっかくのおやすみなのに、ティアナさんと一緒じゃないんすか？」

ティアナ、ティアナと繰り返すから、なに言ってんだコイツ……と思ったけど、すぐにハッと気づいた。

「ああ……。ティアナのやつ、今はクロスと付き合ってるんだぜ」

「え⁉　旦那、フラれちゃったんスか？」

それで俺の方がフラれたって決めつけてんのがマジで癪にさわったけど、ティアナの名誉のために世間的にはそういうことにしておいた方がいいと思って黙っておいた。

「なるほど旦那、傷心旅行ってわけっスかぁ。じゃあ邪魔しない方がいいスかねー。なにか仕事がないかと思ったんスけど……」

と言って席を立とうとする商人。

「待て」

「はい？」

俺はヤツの腕をつかんだ。

そう。コイツはバカっぽいけど、商人としての才能はあるのだ。ほら。俺の育成スキル【女神の瞳】で見ても、ちゃんと『商人』の職性がある。

ところで、世の中こうして『実際にやっている職業』と『生まれもった職性』が合致しているケースというのは実は少ない。

例えば、『漁師』の職性を持ったヤツが『木こり』をやっていたり、『酒造り』の職性を持ったヤツが『神官』をやっていたりするものである。

まあ、コイツの場合バカっぽいから、たまたま商人になって、たまたま商人の職性があった……ってだけなんだろうけれど、母数を多く取れば世の中そんな幸運の持ち主も中にはいるというわけだろう。


いずれにせよ、パーティを解雇になった俺だが、パーティ所属時代に築いたよそとの人間関係は活用しても反則じゃないはずだ。

もし仮にこれから【領主】をやるとしたら、こういうヤツとの人脈がけっこう役に立つんじゃねーかなって思うし。

「まあ、そうあわてんなよ。世間話くらい付き合えって」

「え、その……」

しかし、なにやら乗り気じゃなさそうな商人。

「なに？　なんか文句あんの？」

「いや。自分、フラれ話をうじうじされるとかキモいんで勘弁っス」

「キモいとか言うな！　……つーか、そんなんしねえって。実は今回、観光ってもワケありでな。お前に頼みたいことも出てくるかもしれねーんだ」

「なんだ、仕事の話っスか。それならそうと早く言ってくだせえよ」

とモミ手する商人。

変わり身、早えなぁ。


それからの船中は、だいたいこの商人との付き合いで過ごした。

彼は極東へ何度か足を運んでいるらしく土地の知識があったし、いい話相手にもなった。

博打や玉突き（ビリヤード）などで意外と趣味も合ったので、けっこう仲良くもなったしね。

でも、コイツ。名前なんだっけ……

◇

ボー……

こうして船は、極東の港町【スカハマ】に着いた。

船を降りてしばらく街を行くと、なるほど見覚えがある。木と紙の家屋。道行く人々は、一枚布に襟を合わせて帯を締める複雑な衣服を身に着けている。みんな髪型にかなりのこだわりがあるらしく、特に女性は黒い髪を盛って結い上げ、そこらへんの町娘の髪飾りまでもが繊細かつ可憐であった。

そう。こんな少し独特な文化の香りがするところだったな。

ところで、本来であれば領地へ赴く前に極東の【帝都】へ行って挨拶やら手続きやら済ませるべきなんだろうけど、俺はまだ領地を治めるって決めたわけじゃねーので、今回はあくまで『観光客』という体で通そうと思う。

だから、スカハマから帝都へは立ち寄らず、そのまま領地へ向かうことにした。

「旦那の目的地は、なんてとこなんスか？」

「ええと、【遠雲】って地域らしいんだけど」

「らしいって……遠雲と言えば、旦那たちがギドラの大蛇をやっつけたとこじゃないスか」

なるほど。パーティはあのクエストのあった地域を、そのまま領地として譲られたってことか。

まあ。極東の王も関係のない土地を急に譲ったりはしないだろうから、よく考えればそうに決まってるよな。

「でも道中覚えてねえなあ……。ここからだとどーやって行けばいいんだ？」

「また船っスよ。国内船スね。でも……」

と言いつつ、商人はメモ帳をペラペラとめくる。

「今日はもう船は出てないスから、スカハマで一泊した方がいいっスね。これ、自分の名刺なんで、『黄鶴楼』って旅館へ行くといいスよ。それで明日、9時の船があるんで、国内船用の『西の船着き』へ行くっス」

「……お、おう。お前は？」

「自分も一泊するっスよ。でも、仕事があるんでもう失礼するっス」

と言って商人は去った。

アイツ、使えるな。

俺はその名刺でヤツの名前を確認しておいた。

第5話　領地へ

……と、思ったけど前言撤回。

と言うのも、商人から紹介された『黄鶴楼』って旅館は、いろんな意味でかなりの問題があったのだ。

まあ、そのどこらへんに問題があったかというのを事細かに説明すると全年齢対象表現をはなはだしく逸脱する可能性が極めて高いので詳細は省くとするけれど……

その帰結だけは言っておかなければならないだろう。

◇

スカハマでの一泊。黄鶴楼の朝。

頭上で、木枠に白紙を張った戸が、スー……と開く音がする。

目を開けてみると、30がらみの旅館の女将が、部屋に入り膝行してくるのが見えた。

「おはようございます」

朝だというのに、女将は華やかな染物をまとい、薄く脂肪ののった体軀をなまめかしく装っている。

「まだ寝てたいよう」

一方、俺は綿布団の中でヘロヘロだ。

「あら。昨晩はえらいハッスルしてはりましたのに。ウチの若い子たちもみんな驚いとったんどすえ」

「……うるせえよ」

「でも、9時に『西の船着き場』へ行かなあきませんのやろ？　いいかげん起きないと」

「そうだった。いま何時？」

「もう8時どすえ」


マジか！　やべっ。


俺は昨日深夜にわたって酷使した肢体にムチを打ち、グググっと布団の上で起き上がった。

うう、筋肉が痛い。

もちろん酒も入ってるから頭はガンガンするし……

「お着替え、お手伝いいたします」

そう言って女将は女肉ごとしなだれかかってきて、俺の太ももまわりをやさしくなでつつ、寝巻きをひらりと捲る。

大人の女性のいい香り。

半端ねえ色気だ。

その上、この女将。俺の【女神の瞳】で見ると、『回復系ウィザード』の職性があるのが笑えない。もし職性が開花しちまったらエンドレスじゃねえか。

モゾモゾ……

「よせって、朝は体に悪いんだよ」

と言いつつ、俺はさっとズボンをはく。

「そうどすか……」

女将は寂しそうにため息をつき、

「ほんなら、こちらお会計どす」

と、伝票をさしだした。


ええと。

いち、じゅう、ひゃく、せん……


「500万両？　って、いくら？？」

「ボンドですと、500万ボンドくらいでっしゃろか」

「ごひゃっ……そんなにすんの？」

「ええ、ウチは高いんどす。それにガルシアはんのご紹介でしたので、昨晩はウチの者が総がかりで『おもてなし♡』させてもろたでしょう？」

「……ガルシアって誰だよ」

「なにゆうてはるの。ガルシアはんの名刺、持ってきはりましたやん」

ああ、エクボの商人か。またアイツの名前忘れてたわ。

「じゃあこれ。ボンド紙幣だけど」

「あら、すんなり」

ほっ……。

念のため銀行で1000万ボンドおろしておいてよかった。

それにしても、500万か……。

くそ。確かに夢のような旅館には違いなかったけど、今の俺にはかなり痛い出費だ。

◇

さて、女将相手にモタモタしているとマジで時間に余裕がなくなった。

「旦那ぁ！」

あわててスカハマの『西の船着き場』へ行くと、商人がエクボをつくって待っている。

「旦那ぁ……じゃねえよ。なんだよあの旅館は」

「まあいいじゃないスか。それよりもう船が出ちまうッスよ」

と言うから、俺はあわてて板を渡ってその木船に乗った。

「あれ？　お前もこっちなの？」

気づくと商人も船に乗っている。

「ええ。そうなんス」

「ふーん」


ザザーン……

出航。

透き通る水面。

風を受ける木船の帆。


綺麗な土地だな。

なんだか二日酔いも筋肉痛も薄らいでゆく心地だ。

「……」

「……」

こうしてしばらく俺たちは黙って自然を眺めていたのだけれど、ふいに商人が口を開いた。

「旦那、『黄鶴楼』の件はすいませんッス。あれは旦那を試したんス」

「は？　試した？」

「ええ。自分。もしかして旦那はパーティを解雇されたんじゃねーかなって思ったんスよ」

ギク！……

「それで旦那も落ちぶれていくんだったら、悪いッスけどそんな人と付き合ってはいられない。こちらも商売なんスからね。そこであの旅館での支払いがどういくか見てみたかったんス。でも、ポンっと現金払いだったみたいスね。試したりしてごめんなさい」

「……」

船は岸づたいに東へ進んだ。途中で【帝都】らしき都市が遠くに見えたが、あとは地形的に山が目立つようだ。

領地の【遠雲】までは3日かかるらしい。その間、木船はところどころの港へ停まった。そのたびに冒険者ふうの連中がポツポツ降りてゆくところを見ると、この極東にもけっこうクエストが発生してるようである。まあ、ギドラの大蛇級（オロチクラス）のクエストまでは、そう起こらないのだろうけど。

その後、木船は途中で2泊停泊した。

東へ北へ。

北へ東へ……

こうして、ようやく目的の領地【遠雲】も間近というとき。

「あのさ……」

俺はエクボの商人へこう声をかけた。

「お前のカンは当たってるよ」

「へ？　なんのことッスか？」

「俺、勇者パーティを解雇になったんだ」

「っ！　やっぱそうだったんスね……」

「これから行くのは退職金がわりにパーティから譲りうけた領地なんだよ」

「領地？」

俺はそこらへんの事情を、とうとう商人に話してやった。

「……なるほど」

「でさ。俺、領地を経営するならお前みたいなヤツが部下にほしいとは思ってたんだ」

「じ、自分ッスか⁉　自分はそんな……」

「っても、まだ俺自身もヤルって決めたわけじゃねーんだけど」

「そーなんスか？」

「うん。それは現地を見てから決めようと思って。観光の『ワケ』ってのはつまりそういうことさ。今はまだそんな不確定な段階だし……それに、俺はもう勇者パーティとはなんの関係もない。だから、そんなヤツに付き合いきれないってんなら、お前はなにも遠雲で降りることはないだろうから、もっと商売っけのありそうな大きな港で降りればいいさ。でも、もしよかったらもう少し俺についてきてくれないか？」

「……」

商人は答えなかった。

やっぱり勇者パーティと関係がない俺には価値なんてないんだろうか……。

さて。しばらくすると、とうとう木船は到着する。

「ここが遠雲か」

ティアナの資料によるとこの港から俺の資産になるらしいけれど……資産というにはあまりにもあまりな港だった。

野ざらしに毛の生えたような舟だまり。その舟だって、今着いた木船以外はボートみたいな小舟がちらほら浮かぶばかり。

こんなに酷かったかなぁ。

土地の玄関とも言える港がこのありさまじゃあ、まして領地そのものは……推して知るべし、だ。

はぁ……

俺は肩を落としながら板を渡り、木船から降りた。

「あーあ。ひどい港ッスねえ」

「!?」

後ろから声がして、俺はハッと振り返る。

「なにお前。ついてきてくれんの？」

「まあ……元冒険者が領主なんて、面白(おもしろ)そうじゃないッスか。旦那がヤル気になればッスけど」

「シーガル……ありがとな」

あ。俺、コイツの名前覚えられたじゃん！

やっぱ信頼関係とともに名前って自然に覚えてゆくもんなんだな。

「エイガの旦那……」

ところが商人は例のエクボを苦々しく浮かべてこう言った。

「自分、『ガルシア』っス」

「おしい！」

「おしくはねーッスよ!!」

まあ、なにはともあれ。

こうしていいよいよ、俺の領地になるかもしれない遠雲の地へと足を踏み入れるのだった。

第6話　領地の職性

ティアナの『ファイル』によると。

遠雲の領地には7つの村があり、そのすべてを合わせると2500人の領民が暮らしているそうだ。三つの山と、海へ向かって走る川がデルタ地帯を形成し、小ぶりながら肥沃な土地を育んでいる。最も人口の多い農村には1200人が住んでおり、次に漁村の700人。逆に、最も人口の少ない集落は32人で、これは山中にある。あと4つの村を合わせると500人ほどになるが、どの村にも属さない者もいくらかいるらしい。

——と、いうことだったのだけれど。


「ふぁーあ……人、いないッスねー」

商人ガルシアがあくびをしながらそうつぶやいた。

そう。俺たちは船を降り、「とにかく誰かに会うまで進んでみよう」ということで歩き始めたのだったが……

もうかれこれ2時間あまり、野鳥かモンスターにしか出会っていない。

この土地に、本当に2500人も人間がいるのだろうか？

「あ、旦那！」

「どーした？　人か？」

「モンスターっス!!」

ガルシアがビビった声を出すからどんな強いモンスターが現れたのかと思ったけれど……

「なんだ。『グッド・ビー』じゃん」

振り返れば、大きな蜂(ハチ)型の魔物がブーンっと4匹で宙を飛んでやって来るのが見えた。

これが『キラー・ビー』なら厄介なのだけれど、複眼がグリーンに光っているのは『グッド・

ビー』という低級モンスターである。

「怖（こわ）いッス！　たすけてッス!!」

やれやれ。

俺はその巨大蜂のモンスターへ向けてスッと左手をかざした。

「……キラド」

そう唱えると、俺の掌（てのひら）から火炎が噴き出し、モンスターは跡形もなく燃え尽きる。

「すげーッス！　旦那、キラド使えるんッスね」

そんなふうにガルシアはテンションをあげるが、『キラド』は初級の攻撃魔法だ。

なお、火炎系の攻撃魔法は【キラ系】と呼ばれていて、
1『キラ』2『キラド』3『キラドン』4『ドキラドン』5『ド・ドキラドン』
という順に火力が強くなってゆく。

俺は『キラド』の上の『キラドン』まで使えるが、これがだいたい中級レベルだ。

しかし、その上の上級火炎魔法『ドキラドン』や『ド・ドキラドン』となると、俺ではどうしても覚えることができなかった。

俺の育成以外のスキルって、だいたいこんなふうに中級レベルで頭打ちなんだよなあ……。

ぷすぷす……

灰になった昆虫モンスター。

それにしても、『グッド・ビー』を倒すのに『キラド』はいらなかったぜ。キラで十分だったよ。

「お前さ。グッド・ビーくらいで大騒ぎすんなよ。びっくりするだろ」

「しょうがないじゃねーっスか。自分、かよわい商人なんスから」

かよわいってツラかよ。エクボ浮かべてのんきな顔しやがって。

「え？　なんッスか？」

「まあ……これくらいお前もすぐに倒せるようになるさ」

そう思ったのは、俺の【祝福の奏(かなで)】が、なにやらすでにガルシアに適用されているようだったからだ。

つまり、俺がこういう細かい戦闘を繰り返すうちに、ガルシアには絶え間なく2倍の経験値が付与されていっているということである。

ガルシアは別にまだ部下になるかはわからないのに、それでも俺の祝福の奏(かなで)はすげー感度が高いから、もう育成影響下に適用されてしまっているというわけだ。

あいかわらず俺ってば育成スキルだけは一級品なのである。

でも、それじゃあ冒険者として成功できないってのはティアナの言うとおりなのだけれども……。

ザッザッザ……

さて、こうして行き行くと。

とうとう山の麓までたどり着いてしまう。

「ええと……あの山を越えると領地は終わりみたいなのだけれど」

「誰にも会わなかったッスねえ」

俺はだんだん絶望的な気分になってきた。朝から歩いて、もう昼過ぎだ。半日歩いて誰とも会わないなんて……

ほんとは【領民】なんていないんじゃねーの？

「あ、旦那！」

「どーした？　モンスターか？」

「家っスよ!!」

ガルシアがぴょんぴょん飛び跳ねて指さす方を見ると、なにやらボロい木の小屋が見えた。

「あれ、家か？」

俺は訝しがりながら小屋へ寄り、戸を叩く。

「ごめんくださーい」

ガタ……ガタガタ！

まるで戸をはずしにかかっているかのようなスゲー音で木戸が開くと、中から白髪のじいさん……いや、よく見ると『ばあさん』が現れた。

「……」

ばあさんはニコリともしなかったが、俺たちの身なりがそれ相応のものであることを認めると、怯(おび)えるように『ペコリ』と頭を下げた。

「あ、自分らはあやしいものじゃねーんス。観光客なんスけど……」

「かんこう？」

ばあさんは不思議そうな顔をした。

まあ。そりゃこんなところに観光へやって来るヤツなんて、他にいないだろうしな。

「ええ。でも誰にも会えなくって困ってたんス。もうこのあたりには人が住んでいないんスか？」

「おらんことはありません」

「じゃあどこに……」

と聞くと、ばあさんは「山の中腹まで登ってみればよくわかる」と言うので、「なるほどそれがいい」ということになった。

「しかし……あんたら、山道はようわからんですじゃろ？　ワシが案内してあげます」

「そりゃありがたいけど……大丈夫か？」

俺は、ばあさんの小さな体を見ながら聞く。

「残念ながら、足腰もいたって健康でのう」

「ばあさん、ここにひとりで暮らしてんの？」

もし他に若いのがいればそいつに案内させよう……と思って、俺はそう尋ねた。

「……ん。息子夫婦も、孫らも、みんな『ギドラの大蛇(オロチ)』に喰(く)われてしまいましたで。こうして70

過ぎたワシがひとり生き残っても、もうなんのために生きておるのかようわからんですがのう」

「そうか……」

俺は、『そんなこと言わずに長生きしてくれよ、ばあさん！』という心持ちにすごくなったけれど、それを口にすると『憂鬱を生命尊重主義でゴマカす感』でスゲー偽善的になるように思われて、黙ってばあさんのあとについていった。

◇

山を行くばあさんの足は信じられないくらい速かった。

「ひー、待ってくださいッス」

ガルシアなどはこのザマだ。

ザッザッザ……

急勾配の土道を、適切なコースをたどってタッタッタ……と行ってしまうばあさん。一歩一歩、瞬時に足場を見極めて、正確に足を踏み出しているのだろう。特に急いでいるという感じもないのにどんどん荒れた山道を進んで行く。

マジで『山の人』って感じ。とてもマネできない。

なにか特別な職性でも開花してんのかなぁ？

そう思い、ばあさんへ向けて【女神の瞳】を開いてみたのだが……

潜在職性：　アイドル・スター

とあったので、俺は女神の瞳をそっと閉じた。

「はぁはぁはぁ……」


つーか、ヤベぇ。俺も息切れてきたわ。

はた、と来た道を振り返ると、俺たちがやって来た西側の海が遠く垣間見える。

あいかわらず自然はキレイなところだ。

空は晴れ。

海は宝石箱をひっくり返したように陽でキラキラして、山の木々の隙間を通して幾万の十字の白光を映じている。


それにしても……

この海も、あのザハルベルトへ切れ目なくつながっているんだよな。

と、ついついそんなことを考えてしまう俺。

死にたいくらいに憧れた、冒険者にとっての花の都・大ザハルベルト。

クロスたちはもう到着しているだろうか？

この海も、あの空も、はるか遠くのザハルベルトのそれと同じ海と空なのだ。


俺はどこへでも行けて、なんにでもなれるはずだったのに……

なんで俺だけこんな極東の、低級モンスターしか残っていない、ワケのわかんねー山道をはぁはぁ言いながら登ってんだ？

俺は上級冒険者になって、魔王級のクエストをバシバシこなして、ザハルベルトのギルドからいくつも賞を貰って、何千何万もの冒険者から拍手と羨望を集めて……

って、なるんじゃなかったのか？

……わかってる。

俺もそろそろ大人にならなきゃって。

大人になるってのは、ひとつひとつ諦めてゆくってことなんだから……


「着きましたですじゃ」

と、ばあさんの小さな背中が言って、俺は我に返った。

「これは……」

気づくと俺たちは、山の中腹の、南に景色の開けた崖に立っている。

山から川が蛇行し、海へと流れて行くのが一望できた。

「西はモンスターが出ますでの。ここの者の多くはみな南側に住んでおりますじゃ」

ばあさんの言うとおり、ここからは人が多く見える。

川沿いに、うじゃうじゃと大勢。

数百……いや、千までいるかもしれない。

まあ、ここからだと人々は米粒のようにしか見えないのだけれど、それが『人だ』とわかったのは、なにやらみんな川沿いで人間らしい共同作業をしているのが見て取れたからだ。

大勢で足場のように木を組んでいて、ロープが舞い、車輪が回り、大量の石や土を盛ったりしている。

「あれは、なにしてんだ?」

「堤防をつくってんじゃねースか?」

なるほど。言われてみれば、あの川はいかにも溢れ出しそうな形状だ。

それは農業的に言えば土地を肥えさせもするだろうけど、同時に人が住むには水をコントロールしてゆかなければならないことも意味する。

それはたぶん、この土地のどの村の人々も共有する問題なのだろう。


コーン、コーン……


木槌で杭を打ち込む音が、美しく青空へ響き渡る。

「……」

それは、なんだか感動的な光景だった。


自然が美しいんじゃない。

人間が美しいんじゃない。

人間組織と自然の接着面が美しいのである。


つまり、あの領民たちは領地とセットなのだ。もうちょっと若い時の俺だったらそんな『土地に縛られた人間』は憐れみをもってしか見られなかったかもしれないけれど、また、今だって『自分がそうなれるか?』と聞かれれば決してなれはしないけれど……

ここにしかいられない、ということは人間にとって『財産』なのかもしれなかった。

コーン、コーン……

じっさい。こうして見ると、領民たちは「領地全体」でひとつの生命体のようである。そう思って、俺はふと初めて『個人』に対してではなく、領地単位に対して【女神の瞳】を開いてみた。

潜在職性：　強国

そのとき俺は、胸のモヤモヤがほどけてゆくように『ハッ』と閃いて、こうつぶやいた。

「俺……。領主、やってみようかな」

「旦那！」

ガルシアは嬉しそうにエクボを浮かべた。

コイツは、俺が領主をやるのを面白がっていたからな。

「でも旦那……。ってことは、いよいよ冒険は諦めちまうんスね」

「諦めねえさ」

「へ？」

「俺はこの領地を単位としてクエストをこなしてゆく。それで、いつか魔王級を討伐できるくらい強い領地にするんだ」

「で……でも旦那！　あの領民たちに冒険者のクエストなんて無理じゃねースか？　じっさい、モンスターを避けて南側に住んでるワケじゃないッスか」

「無理じゃねえよ」

と言って振り返る。

「俺の【育成】スキルは超一級品なんだぜ」

ザハルベルトへ向かう船。

アタシは甲板の船上カフェで、カフェオレを注文したところだったんですけどぉ……

「あーあ、退屈ですねー。ねえ、ティアナ先輩」

「……」

「ティアナ先輩？」

向かいの席に座るティアナ先輩ったら、アタシのことガン無視なんです。

カワイイ後輩に対して、ありえなくないですかぁ？

「ねえ！　ティアナ先輩たら！」

「へ？　……あ、ゴメン。考えごとしてたわ。なぁに？　エマ」

ティアナ先輩はファッショナブルな赤い眼鏡を正しながら、やっとこちらを向きました。

「もう……。エイガ先輩のことまだ気にしてるんですかー」

「そうじゃないのだけれど……」

「しょうがないじゃないですかぁ。弱い人がパーティをクビになるのは当然でしょ？　エイガ先輩に関しては遅すぎたくらいですよぉ」

「はぁ……。だから、そうじゃないって言ってるじゃない。私たち、これからは魔王級のクエストもこなしてゆくことになるわ。あの人じゃ戦いについてこられないもの。本人にとっても、あれが一番よかったはずよ。暮らしてゆくのに困らないくらいの【退職金】は渡したつもりだし……」

なーんて言いつつ、金髪三つ編みをションボリさせるティアナ先輩。

「だったら元気出してアタシと遊んでくださいよぉー。ツンデレ先輩」

「ツンデレ先輩とか言うなぁ！」

なーんて、ティアナ先輩をイジメて遊んでたんですけどぉ、あんまり面白くないなーって思ってたとき、

「ねえキミ、席一緒しない？」

「すげぇ美人さんだよね」

と、後ろから男の人の声が聞こえてきました。

いわゆるナンパですねー。

まあ、アタシくらいの容姿端麗、品行方正、性格美人ともなるとぉ、ナンパなんてぜんぜん珍しくもなーんともないんですけどぉ、ちょうど退屈してたしー、相手のおにいさんたちちょっとイケメンだしー、お茶の相手くらいなら少しだけしてあげてもいいかなー……

「その眼鏡似合ってるよね。すげえ知的」

「金髪の三つ編み自毛？　お人形さんみたいだね」

って……おーい、こっちにも美少女いますよー。

栗毛のポニーテールがチャーム・ポイントで、ぴっちぴちの18歳、エマ・ドレスラーちゃんがここに!!

ぴょーん、ぴょーん……

アタシはとにかくおにいさんたちの視界に入ることが重要だと考えて、体を大きく動かしたりなどしていたのだけれど、それで獲得できたのはティアナ先輩からの怪訝(けげん)な視線だけでしたぁ……。

しかし、そのティアナ先輩もすぐにおにいさんたちの方へ視線を戻します。


「ねえ」

「ん？　なになに？」

「あなたたち。悪いけど、消えてくれる？　3秒以内で」

と、金髪へ手櫛(くし)を入れながら冷たく言い放つティアナ先輩。

「あ、その、えっと……」

「す、すいませんでした（汗）」

それで、ちょっとイケメンなおにいさんたちも心折れたらしく、逃げるように去って行ってしまいました。

あーあ……。

「はぁ……鬱陶しいわね」

ティアナ先輩は本当にお人形さんのような横顔でミルクティーをすすると、ため息をついてまた考え込んでしまいました。


つーか、この女腹立つー‼

ため息がアンニュイなのが余計に腹立たしいですよ！

アタシの頼んだカフェオレはまだ来ないし！

もう……こんな先輩放っておいて、やっぱり部屋でＢＬ本読んでるのが一番ですねー。

「エマ」

そんなふうに決意して席を立ったとき、誰かが後ろからポンっと肩を叩きました。

「デリー……いたんですか」

振り返ると、ウチのパーティで前衛を担っているデリーが、いつもの無表情な顔で立っています。

「オ、オレは……エマ、き、綺麗だと思う」

「デリー……」

コイツに言われてもなーんにも嬉しくないですけどぉ、

「はぁ……ありがと」

アタシは一応そう答えておきました。

◇

ボー……

さて、ザハルベルトに到着です。

アタシあれからリビドーの限りを尽くして船の部屋に籠りきりだったんでぇ、もう正直クタクタでしたけどぉ。

「あっ、『奇跡の5人』じゃないか?」

「おお! あれが勇者クロスか!!」

アタシたちが船のタラップを降りると、待ち構えていた記者団らしき人々が声をあげます。

「きゃー! デリーくん♡」

「こっち向いてえ!! きゃーっ!」

そして、どこにでもいるデリーのファン。

小さな頃から一緒に育ったアタシにはよくわかんないんですけどぉ、デリーにはこういう人気があるんですよねー。

「……」

本人は迷惑そうですけどぉ。

あっ。

そうこうして上陸すると、記者団がワッと寄ってきました。

「クロスさん。今回こうして『奇跡の5人』がいよいよザハルベルト入りするワケですが、自信のほどはいかがでしょうか？」

「どこにいても、オレたちは一戦一戦、オレたちの戦いをするだけですね」

「このザハルベルトへ来たということは、魔王級のクエストにかかることにもなると思うのですが」

「ひとつだけ言えるのは……オレたちの戦いはこれからだ、ということです」

クロス先輩はあいかわらず頭カラッポですねー。

まあ、そこが薄っぺらなマスコミ受けするみたいなんですけどぉ。

「しかし、『奇跡の5人』と呼ばれる勇者パーティですが……ひとり足りないようですねぇ。内部でなにかトラブルでもあったのでは？」

「っ！……」

ところが、スキャンダル好きそうな顔をした記者がそんなふうに尋ねると、クロス先輩は言葉をつまらせてしまいます。

っていうかー、本当はふたり足りないんですけどぉ。

気づかれてないエイガ先輩、ちょーウケる（笑）

「攻撃的ウィザードの【モリエ】なら、ただいま単独遠征中です。あとから合流の予定ですから、なにも問題はありません」

あー。こういう受け答えはティアナ先輩じゃないとできないですねー。

ざわざわ……

「さすが『天才モリエ』だ」

「あの歳で勇者パーティから単独遠征を任されるとは……」

と記者団は別のノリで騒ぎ始めました。

モリエは注目株ですからねー。


でも、ティアナ先輩。

『なにも問題はない』

ってゆーのはウソですよねー。

モリエが帰って来て、『エイガ先輩が解雇された』って知ったら……

まあ、アタシがクビにしたわけじゃないんでー。そこらへんはクロス先輩とティアナ先輩に任せることにします。てへっ♪

《第2章》新生活

第7話　村人

「モンスターに気をつけろよー」

ばあさんと別れ、俺とガルシアは山を南へ下って行った。

「そうだガルシア。回船って、今度いつ来るかわかるか？」

そう聞くと、ガルシアは片手でメモ帳をぱらぱらとやる。

「上りの船は明後日ッスね。でも、また船に乗るんスか？　この領地を育成するんじゃなかったんで？」

「正式にここの領主になるには帝都へ行かなきゃならないんだよ。この領地の証書の名義を書き換えなきゃだし」

「なるほどッス。じゃあ明後日までどーするっス？」

「とりあえずこのまま南へ下りてみようぜ。ちゃんと人がいるってわかったんだしな。ただ、今回は観光客って体でいこう」

ザッザッザ……

さて、行き行きて山道を下りてみると、その麓に『村』らしきものを見つけた。規模的に小さいので、最大の1200人の村ではなさそうだけど、すでに陽は沈みかけている。この村に泊めてもらえるとありがたいな。

「どースかねー。田舎の人はよそ者への警戒心が強いスから」

ガルシアは心配したが、それは杞憂に終わることとなる。と言うより、この村に関してはむしろ逆を心配するべきだったのだ。

「すいませーん。ちょっといいですか?」

「わっ! なんだオメー」

村人のひとりが大声を出すと、家屋からどんどん人が出てくる。

「おお! ヨソもんだ。どっから来た?」

「歳いくつだ?」

「コレ食え」

「嫁おるんか?」

敵意はないようだけど、若い男女が多く、すごい勢いでいっぺんに話しかけてくるのだ。

日焼けした肌に、珍しいもの好きそうな目がたくさんギョロギョロしている。

「えっと……俺ら、観光で来たんですけど。泊めてもらえるとありがたいなーって」

そんなふうに伝えると、なおさらだ。

「だったらオラんちに泊まれ！」

「アタイんちがイイに決まってるよ！」

「いや、オラんちだ‼」

すげー勢いで詰めよってくる村の若者たち。

うっ……。日々の労働で引き締まった肉体から、ムワっと汗の香りが漂ってくる。

「オメーら、いいかげんにしろ。お客さん、困ってるでねーが」

「長（おさ）！」

しかし、彼らよりは貫禄のある黒ヒゲの男が出てくると、なんとか騒ぎは収まった。

「そういうわげで、お客さんはオラんちで泊めるでよ」

「えー、けっきょくかぁ」

「長（おさ）。ズルいがー」

「そーだそーだ」

そういって不満げに唸（うな）る若者たち。

つーか、コイツら。なんでそんな自分ちに泊めたいんだよ。

ブーブー！……ぴーぴー！

「うるせ。散れ！」

と長が怒鳴っても若者たちはなかなか離れなかった。

◇

「おじゃましまーす」

長の家は意外と清潔で、寝るのに不快さはなさそうだ。その上、飯と酒まで振る舞ってくれたのである。奥さんがけっこう可愛くて、作る飯もうまくて羨ましい。

俺は酒を飲みつつ長へ尋ねた。

「なあ、この村はなんの産業で食ってんだ？」

「ぁあ⁉」

いかん。単語が抽象的すぎたな。

「えっと……みんななんのしごとしてんの？」

「ああ、オラたち。木切っとる。木こりだ」

「なるほど。だからみんな、あんなに逞しいんだな」

「‼……そう思うが？　ははははっ！」

さて、長の話をまとめると、この村は『木村』という名で人口150人ほど。おもに材木を生業にしている村らしい。

長(おさ)は最初「木こり」と言ったけれど、よくよく話を聞いてみると、それはただ木を切るだけではなく、【遠雲(とくも)】一帯の『材木に関すること』全般を行っているようだった。山で木を切り、製材したりするのはもちろん、需要量を見積(みつ)もったり、方々への運搬(うんぱん)、加工、足場事業なども行っているとのこと。

「儲(もう)かってんの？」

と聞くと、長(おさ)は黒ヒゲをニンマリさせた。

特に、『ギドラの大蛇(オロチ)』が遠雲を襲ったあとは、材木の需要が増え、すこぶる景気はよいのだそうだ。

まあ、それはちょっと皮肉な話ではあるけどな。

第8話　武闘家

ところで。

俺は『木村』の若者たちに取り囲まれていた間も、当然ながら【女神の瞳(ひとみ)】を開いていた。

で、その結果を振り返る前に、ここで俺の【女神の瞳】について少し補足しておこうと思う。

補足というのは、この能力はあくまで、

1 『誰がどんな職業に向いているか』

2 『そいつがこれからどんなスキルや魔法を会得しうるか』

を鑑定するものだから、

『そいつが今現在、どういう職についているか』

は見ることはできない……ということだ。

今実際についている職業(ジョブ)を言い当てるのは『ステータス見(み)』のスキルである。

まあ。俺やクロスの通っていた魔法大学校では『ステータス見(み)概説Ⅰ・Ⅱ』が一般教養課程の必修科目だったから、まったくステータス見(み)ができないかと聞かれればそんなことはないのだぜ?

けれど、少なくとも『現在の職業(ジョブ)を見る』というのはかなり高度で俺にはできない。

だから俺は、『木村』にやってきた時点では、若者たちがなんの職についているのか知らなかったのであり、つまり『木こり』の職性に注目したりなどはしなかったのだった。やっぱり、どーしてもクセで『冒険者カテゴリー』の潜在職性に目がいってしまうのである。

俺は、全部で10人ちょっとの若い男女へ向けて【女神の瞳】を開いてみたが、冒険者カテゴリーの職性を持った者は2人。それぞれ【魔法使い】と【武闘家】の職性。まあ、それも大した才能ではないだろう。実際に、魔法使いの習得可能スキルも『キラド』が限界らしかった。

でも、そんなことは折り込み済みというか、最初から領民個々人に大きな才能を期待していたワケではないから、ガッカリもしない。

ちゃんと一定割合は冒険スキルを習得するヤツもいる……ということがわかれば、とりあえずは十分である。

それから他の連中の職性は、別に『木こり』に限定されず、いろいろだった。例えば、『船渡し』だったり『八百屋』だったり『海女（あま）』だったり。確かに、『木こり』職性のヤツも何人かいたのは記憶しているけど、2、3人くらいだったかな。


「でも、旦那。よく考えてみると、旦那の能力って領主をやるとしたらマジでチートっスよね」

木村の長（おさ）の家で寝る前。

ふたりで話していると、ガルシアが急にそんなことを言い出す。

「は？　なんでそー思う？」

「だって、人がどんな職業に向いてるかわかっちゃうんでしょ。だったら領民をみーんな『向いてる職業』につかせちゃえば、簡単に発展できるじゃないッスか♪」

コイツはそんなふうに言うが……

そりゃマジで浅（あさ）はかな考えだと思うぜ、ガルシアよ。

◇

翌朝。

「オラらはもう仕事さ行くが、おめーら、どこ行くだ？」

と長（おさ）に聞かれたので、俺は最大規模の１２００人の村へ行くつもりだと答えた。

もう船は明日出てしまうし、今日中に最大規模の村くらいは見ておけたらいいよな。

「あー、『中村』かー。オラは山さ入るでな……。ああっ、だども、川へ木さ運ぶ連中がおるで、途中まで案内させるべ」

長（おさ）はそう言うと、俺たちを連れて村の外れへ向かった。その道に沿って、丸太の積まれた荷車がずらっと並ぶ。荷車の周りには、若いヤツらがガヤガヤたむろしていた。

「コイツらが川へ行ぐ若いのだで。……おーい、チヨ！」

「なに？　長（おさ）」

そう返事したのは、若い女である。

「オメーら、大川の方へ行くが？　お客さんら、『中村』まで案内したれや」

「ん、わかったよ」

「ほんだら、あとは任せたでな」

「あーい、長（おさ）」

この娘は……と、俺は思わずハッとした。

というのも、昨日見た若い連中の中で【武闘家】の職性を持っていたのは、この娘だったからだ。

「じゃあアンタら。行くよ！」

娘はそう言うと、村の若衆たちを指揮し、丸太を積んだ荷車を何台も動かし始めた。

ゴトゴトゴト……


荷車を押す男たちの肩がいかり、引く男たちの姿勢は前傾する。

そんな中、『チヨ』という娘は、道で厄介な岩があると男たちに荷車の操(あやつ)り方を指導し、車輪にトラブルがあれば即座に修理した。

動きはハキハキして軽妙だ。

娘の、丈(たけ)の短い着物から健康的な肢体(したい)が躍動し、女尻にたくましく締められた白い布が労働的筋肉をムキっと強調している。

そんな男勝りな印象とは対照的に乳房の大きいのがたっぷりとして、薄い袷布(あわせ)からこぼれてしまいがち。

シャカシャカと動く素足(すあし)は土にまみれて、異様なほど官能的に見えた。

「キミ、すげーな。若いのにさ」

「ウチ、木運ぶのはガキの頃からやってっら！」

「へえ。じゃあ、あの村じゃあ運送のリーダーってとこか」

「？」

「木を運ぶ長(おさ)ってことだろ」

「ふふっ……アンタ！　わかってるじゃないかい。うふふふ」

と言って、娘は勢いよく俺の肩をバシバシ叩いた。


ガタ、ゴト……


こうして、一行は大きな川へたどり着く。

「ウチらはここで仕事があるけどさ！　中村はこのまま川沿いに南で行けっから」

「そっか。ありがとな」

そう答えて、俺は川を見つめていた。

山の中腹で見たあの川だろう。すでに堤防づくりで人々が集まっている。

近くで見ると作業はよりダイナミックで、川はキラキラ輝いて見えた。

「キミ、綺麗なところで育ったね」

ふと、そんなふうに褒めてやると、

「へへへ」

と娘は照れる。

「俺もここに住みたいって思った」

「本当かい？」

「ああ。今度来るときは家も建てたいからさ、そのときはキミ……木を運んで来てくれよな」

「うん！」

娘はうなずくと、振り返って川の方へ走り去っていった。

第9話　中村～冒険者ギルド

川沿いを下流へ向かって歩くと、やがて景色が開け、土地に田が広がる。

もっとも、今はまだ農閑期らしい。土ばかりの正方形が何面も広がっているだけ。

……なんか、わびしげだな。

そう思いながらさらに行くと、広大な田の中にポツリポツリと民家が見え始める。あまり人の姿が見えないのは、村の人間が堤防づくりへ行ってるからだろうか。


キャッキャキャッキャ♪

そう思っていると、道端で10人ほどの子供らが遊んでいるのに遭遇した。

「なあ、キミたち」

俺はこのあたりで話のわかる大人のところへ連れて行ってもらいたいと思い、声をかけるのだが……

「わー！」

「キャー‼」

しかし子供たちは、俺たちの姿を見るとダッと逃げて、母屋(おもや)の陰に隠れてしまう。

チッ……。

なんかヒソヒソ言ってこちらをうかがい、たまにコロコロ笑いあってるのが生意気だ。

「おーい！　キミたち！　チョコレートっスよー♪」

そこで、ガルシアが親しげに商品を持って近寄って行くが、子供たちはさらに奥の建物へ向かって逃げ去ってしまった。

その姿がまるでＨＥＮＴＡＩのようであったからだろうか、子供たちはさらに奥の建物へ向かって逃げ去ってしまった。

「そんなー……」

けっこうマジで落ち込んでやがる。

コイツ、見た目によらず子供好きなんだな。

「そう言えば、昨日お前が言ってたよな」

「なにをっスか？」

「田舎の人は警戒心が強いって」

「あぁ……」

先へ行くとさらに家が増えてくるが、よく注意して見ると、家々の中からこちらをジロリとうかがう村人の視線を感じる。それでも、こちらが近寄るとバタン！　と戸や窓を閉めてしまうのだ。

また、耳をすませばヒソヒソと話をしているのが聞こえてくる。

昨日の村とはうって変わり、よそ者に対して閉鎖的な感じのする村だった。


ガルシアのイメージする『田舎の人』って、こういう連中のことなんだろう。

これまでの旅の商売で、とっつきにくい農村の村人に苦労した経験でもあるのかもしれない。

でも、これは警戒心が強いってわけじゃなくて、『村人みんな人見知り』って感じだよな。

「例えば、この『中村』の人間で『木こり』の職性を持ったヤツがいたとするじゃん？」

と、俺はつぶやく。

「でも、だからといってソイツを昨日の『木村』へ連れていって、ウマく行くと思うか？」

「ああ、昨日旦那が言ってた話っスね。『単にひとりひとりを向いてる職業に振り分けていけば領地は発展する……ってワケには行かないだろう』って。確かにそっスね」

ガルシアはさすがに頭の回転の速い商人で、俺の言いたいことをすぐに察してくれた。

「冒険パーティでも同じでさ。例えば『世界一強いパーティを作ろう』と思ったら、理論上は、世界トップ10の剣士10人と、世界トップ10の魔法使い10人と、世界トップ10の回復系と……って100人隊を揃えたら一番強いに決まってるじゃん？　でも、現実にはそうはいかない。何故なら、ソイツらが『一緒にパーティをやろう』って思わなきゃパーティって組織単位にならないからさ」

「なるほど」

「それが領地って単位の場合、もっと複雑になるだろうな。５人、10人でチームを組むパーティでさえ人間関係ってスゲー大変なのに、これからは領地２５００人をまとめなきゃいけないんだ。ひとりひとりをバラバラなものとして見すぎると、きっと失敗する。たぶん、村とか産業とかその間にある組織を発展させることと、個人の能力を発揮させることの両方をバランスして見なきゃいけねーんだろうな」

と、ガルシアに言うようでいて、俺は自分に言い聞かせていた。


さて、俺たちはさらに『中村』を歩いてみたのだけれど……。

「すいませーん」

「……」

つーか、閉鎖的すぎるだろ。

俺たちは、このままこの村にいてもラチがあかないということで、今回は『中村』で人と接することを諦めて、さらに南へ行った。他の村も見ておきたいと思ったのだけれど、よくわからない土地で案内もないのだからそれもなかなか難しい。

西陽が射しかけると、「もう明日へ向けて、港へ向かった方が良い」ということになった。平地を海岸なりに西へ行く。港に着くとあたりはすっかり暗い。

「今日は野宿っスねー」

「お前、寝袋(シュラフ)持ってる？」

「もちっス」

そう。俺は元・冒険者だし、ガルシアは旅の商人である。

いざとなればそういうアウトドアな手段も平気と言えば平気なのだ。

暗闇(くらやみ)の中で、ランタンの橙(だいだい)がボンヤリと揺れる。

まあ……。

そりゃあ、できれば屋根の下で寝たいんだけどね。

とりあえず早いところ「領主様」として快適な暮らしがしたいな……とは、正直思った。

◇

次の日。

船は少し予定到着時刻をオーバーしたけれど、無事にやってきた。

陽が昇るとこの港のさびれっぷりがまざまざとするから、本当にこんなところへ船が来るのか心配にすらなっていたので、木造ながらどっしりとした回船へ足を踏み入れるとなんだかホっとした。

ところで、この船では直接【帝都】へ行くことはできないらしい。一度また【スカハマ】へ戻らなければならないとのこと。

面倒くさいな……とは思ったが、極東の大王が「帝都には港を作らない」という方針を持っているらしく仕方ないのだそうだ。


こうして2泊3日の木船の旅をこなし、スカハマへ着くとガルシアがこう言った。

「旦那。領地の【証書】名義書き換えって、自分必要っスか？」

「あ？　なんで？」

「自分、できればこのままスカハマにいて取引先へ挨拶してまわりたいんス。商人にとっては帝都よりスカハマっスからね。帝都へ行くのは旦那ひとりで十分なんじゃないっスか？」

と言うから、ここでひとたびガルシアと別れることとなった。

「ええと、【帝都】行きの魔動列車の出るのは……3時なんで、まだ2時間半ほどあるっスね。駅はこの桜木通りを真っすぐ行けば着くっス。自分、『黄鶴楼』に泊まるんで、帰ったらそこで落ち合いましょう。じゃあ、失礼するっス」


魔動列車か……。

そう。この極東には、『帝都～スカハマ間』に限るが【魔法鉄道】が敷設されているのだ。

セカイ最新鋭の技術、魔法鉄道。

ここ100年の魔法技術の発展の象徴のような存在である。

もちろん、俺だってよその土地では魔法鉄道くらい乗ったことがあるけれども、極東の魔動列車は初めてだ。人生、嫌なことばかりじゃないな。

魔動列車に乗れるということで、少し心が踊る俺。自然と足早に駅へと向かってしまうが、切符を買ってもまだ1時である。あと2時間、どーしよう。

「おじちゃーん。買ってよぅ」

そのとき、道でタバコと新聞を売っている少年に声をかけられた。

「じゃあ……紙巻タバコをおくれ。それから、俺のことは『お兄さん』と呼べ、少年」

「あい」

などと言ってタバコを買いつつ、新聞が読みたいなと思う。

よく考えると、ここ何日か『セカイ』の情報に触れてないからな。

でも、俺はこの『極東の文字』が読めなかった。冒険者向けの新聞があればと思い、近くの売店などを探すが見つからない。

いや、本当のことを言えば、確実に『冒険者向けの新聞』が読める場所を俺は知っているはずだった。

でも、できれば今あそこへは行きたくなかったけどな……。

と思いながらも足を向けたのは【冒険者ギルド極東出先機関】であった。

第10話　世界1位の女

冒険者ギルドは、クエストの発生する地域には【出先機関】を置いている。だいたいが交通の便のよい港町に設置され、派遣されたギルド職員が現地のクエストに関する諸々の事務手続きと、冒険者へのサポートを行っているというワケだ。

まあ、現時点の俺にはクエストに関する用事などはないのだけれど、ここに置かれている雑誌や新聞などの情報はすべて『冒険者標準』に合わせられている。

極東の『文字』が読めない俺にはそれだけでもありがたい。

魔動列車が来るまでの時間を潰（つぶ）すこともできる。

前回、勇者パーティで【ギドラの大蛇（オロチ）】を討伐（とうばつ）したときは真っ先にここに来たので、それが桜木通りの道沿いにあることも記憶していたしね。

しかし……俺が勇者パーティを解雇になったことって、冒険者業界ではどれくらい広まっていることなんだろうか？

冒険者の大勢いるところで、ヒソヒソとバカにされたりしたら嫌だなぁ。

自意識過剰とは思いつつも、そこらへん一抹（いちまつ）の不安を感じたので、俺はジャケットの胸ポケットからサングラスを取り出してつけた。

「……」

建ち並ぶ木造建築の中で異彩を放つ煉瓦造りの3階だて。

その1階が【冒険者ギルド極東出先機関】である。


チリリン……チリリン♪

ドアを開くと、内側の鐘が哀しげな音色をたてた。

俺はサングラス越しに、事務所をうかがう。

うん。

勇者パーティ時代に付き合いのあったような上級パーティはいないようだ。

受付では初級や中級らしい冒険者たちが、クライアントとの仲介、欠員メンバーの補充、装備費用の借用……などなどについてギルド職員と相談していた。

それにしても冒険パーティって、あーゆう初級や中級くらいが一番楽しかったような気もするな。

ガサ……
さて、俺は待合室に置かれた新聞を手に取り、ソファへ腰かける。
《勇者パーティ、ザハルベルト入り！》
新聞を広げると、2面ではあるがそんなふうに見出しがあってドキッとする。

ふいに熱湯のような『嫉妬（しっと）』が腹から湧（わ）き上がるのを感じるけど、俺はその感情の醜（みにく）さを自分で客観視してから、再び記事へ目を落とした。

《近年頭角（とうかく）を現してきた『奇跡の5人』は、昨朝ザハルベルトへ入った。リーダーの勇者クロスは「俺たちの戦いはこれからだ」と自信を示しており、これからの動向が注目される》

ははっ……クロスのヤツはあいかわらずだな。


俺はよその注目パーティの記事についても目を通したあと、通貨や、先物市場の動向にも目を通す。とりわけ、【魔鉱石】という『船』や『魔動列車』の動力となる魔法資源の価格は確認しておかなければならない。

まあ、そのへんはガルシアに任せておけばいいかなとも思うけど、オトナとして一応ね。

それから、現在1ボンドは0.98両（テール）が相場になっているそうだ。となると、黄鶴楼への500万両は、500万ボンドじゃなくて本当は510万ボンド払わなきゃだったんだな。


俺は新聞に飽きると、今度はマガジン・ラックから『冒険王』という雑誌を取った。この雑誌は、冒険者を多彩な切り口で分析し、ランキング付けする隔月誌だ。

その最新号が出ていたのである。

《総合：世界冒険パーティ・ランキングＢＥＳＴ300》

とあり、

《9位　奇跡の５人》

とランク・インしている。

初のトップ10入りだ。

それから俺は、

《個人：世界最強ランキングＢＥＳＴ100》

というチャートへ目を移した。

クロス個人がとうとう13位まで来ている。

前号ではまだ40位くらいだったはずだから大躍進だ。

なにげにモリエが57位にランク・インしているのにも驚かされた。

「そして、１位は今回も魔法剣士グリコ・フォンタニエか……」

それは、そんなふうに『冒険王』をザッと眺めていたときのこと。

「あれ？　エイガじゃないか！」

横から声をかけられて見上げる。

確かに見たことのある顔がそこにあった。少し『誰だったか』と悩んだが、すぐに同じ魔法大学校から冒険者になった元同級生だと思いだす。

「僕だよ。ロイだよ。キミ、エイガだろ！　なんでサングラスかけてんの？」

ざわ……ざわざわ……

コイツが大声で俺の名を呼ぶと、事務所は妙なざわめきを見せる。

「おい、エイガって奇跡の５人の……」

「ああ、解雇されちゃったんだろ」

「悲惨……。あのパーティ、これからってときだったのにな」

「いや、だからこそだって。ザハルベルトへ乗り出す前の人員整理ってヤツだろ」

そんな人を惨(みじ)めにさせるような声が、方々から聞こえてきた。

どうやら、世間的にはもう知れ渡っていることらしい。

俺は苦々しくサングラスを外す。

「おい、お前。大声だすなよ」

「ははっ、悪い悪い。お前。クロスのパーティ、クビになったんだっけなｗｗ」

「……まあな」

そうだ。この男の場合、こういうのは『悪意』であるということを思い出した。つまり、無神経ではなく、ワザとやってるのだ。

「でも、ヤメてよかったんじゃないの？　エイガ、最後の方ひとりだけ浮いてたもんな。ほら、なんだっけお前のアダ名。永遠の六人目(シックスマン)だっけ？」

ぷっ……

と、誰かが噴きだすように笑った。

「ククっ、おい。やめとけって」

誰かがそれをたしなめる声も聞こえてくる。

俺の握った拳はギリギリと軋むが、本当のことを言われているだけだから、それをどこへ向けるわけにもいかない。

魔動列車はまだ出ないけど、もうここは出よう。

そう思い、立ち上がったときだ。


チリリン……チリリン♪

ドアの開く音がしてそちらを見ると、ビキニアーマーの女が長い銀髪をなびかせて事務所に入ってくるのが見えた。

で、そいつも知った顔だったのである。

「お？　キサマは！　エイガ……エイガ・ジャニエスじゃないか！」

女は俺に気づくと、ブラジャーみたいな面積のアーマーに、筋肉と融合しているかのような弾力ある乳房をパツンパツン揺らしながらこちらに寄ってくる。

「グリコ……」

そう。この女は、『冒険王』にも載っていた魔法剣士グリコ・フォンタニエ。

世界1位の女である。

◇

ざわ……ざわざわ……

冒険者ギルド極東出先機関は、冒険者、職員一同のざわめきで満ちた。

当然だ。

あの魔法剣士グリコ・フォンタニエが目の前にいるのだから。

「いやあ、奇遇だなエイガ！　……それにしてもキサマほどの男が、なんでこんな極東に？」

しかし、彼女がそんなふうに言うと、ざわめいていた場は俺へ視線を集中させ、ちょっと妙な空気になった。

しーん……

さっき笑ってたヤツらも今は静まってモジモジと居心地が悪い様子で、ロイのやつも逃げるようにしてそぅっと席を離れてゆく。

「グリコ、お前こそ。今、極東に大したクエストなんてないだろ？」

「ははっ、私はクエストで来たのではないのだ。ちょっと別の用事でな……」

そう言って、流麗な銀髪をかきあげるグリコ。そんなわずかな動作に足元のゴツイ脛当てがカシャリと音をたて、パンツみたいなビキニ・アーマーがその縫い目にそって股間の姿をムキっと強調させる。

「お前、あいかわらずビキニ・アーマー好きだよな」

「なんだ。キサマはビキニ・アーマーが嫌いなのか？」

「別に嫌いってわけじゃないけど。なんでわざわざそんな露出が激しくて防護される部位の少ない装備を選択するのか意味わかんねーなとは思うぜ」

「ははは！　キサマなにを言っているんだ。そんなの、筋肉を見せたいからに決まっているだろう」

お前がなにを言ってるんだ……と思ったが、どうやらマジっぽいのでツッコむのはヤメておく。

「ところでキサマ、聞いたぞ。クロスのパーティをヤメたらしいじゃないか」

うっ……またその話か。

「ならばどうだろう。この私とパーティを組まないか？」

「は⁉」

さすがに調子の外れた声を出してしまう俺。

「でも、お前……。魔法剣士グリコ・フォンタニエと言えば一匹狼で通ってんじゃん。そーゆーポリシーがあるんじゃねーの？」

「別にそういうワケではないのだ。一緒にパーティを組みたいと思える者がなかなかいないというだけでな。しかし、キサマとなら組んでイイと、かねてから思っていたのだ。どうだ？　私とやってみないか？」

「ははっ、お前と俺じゃ釣り合わないって」

「もちろん私は世界1位だからな。しかし、それを言ったら世界2位も私と釣り合っているとは言えない。それでは永遠に誰とも組むことができなくなってしまうじゃないか。それに……キサマは、キサマが思っている以上に有能だよ」

「そりゃ俺の育成スキルは超一級品だけどさ。お前には絶対必要ないものだろ」

「それだけじゃない。そのすべてのカテゴリーをひととおり中級までこなせる秀才さも、実は意外と稀有なのだ。育成スキルの方も、もっと可能性のあるものだと思うしな」

「……俺に詳しいんだな」

「だから、『キサマなら組んでイイと思っていた』と言っただろう。私は本気だぞ」

グリコにそこまで言われると、さすがに俺も嬉しかった。

コイツ、最強な上にイイヤツだしな。

ふたりでパーティを組んだら、俺は足手まといにはなるだろうけど、きっと楽しいに違いない。

しかし、口をついたのは……

「すまない。俺、今やりたいことがあるんだ」

という言葉であった。

今の俺には、あのグリコ・フォンタニエとパーティを組むよりも、『領地を育成して、魔王級のクエストをこなせるくらい強くする』方が面白そうに感じるのである。

帰ったらやってみたい育成プランも、すでにあるしな。

「やりたいこと……そうなのか」

「ああ」

そう返事すると、グリコはため息をついて、

「じゃあしょうがないな。……あっ、『冒険王』を私にも見せておくれ」

と、俺の横から雑誌をのぞきこんだ。

銀髪からすばらしい香りが漂ったかと思えば、彼女はフフーン♪と笑う。

「どーしたんだ？」

「いいや。自分のランキングを確認しただけだよ」

「なに？　お前、そういうのもう気にしてねーと思ってたけど」

「ははっ、そんなワケないだろ。やっぱり1位は嬉しいさ。こうやって、ランキングを確認するためだけに冒険者ギルドへやって来るくらいにはな」


そう言って、世界1位の女は振り返り、去って行った。

第11話　帝都

魔法鉄道の駅。

魔動列車は定刻3時に出発した。

ガッタン、ゴットン……

汽笛(きてき)が鳴り、モケットの張られた座席から魔法機関部に引かれてレールを回る車輪の感じが伝わってくる。席は1～3等まである中の2等を取った。

ゴットン、ットン、トン、トン、トトトト……

流れてゆく景色のスピードはしだいにあがってゆく。

うん。やっぱり【魔法鉄道】には胸を熱くさせるものがあるな。

いつか、俺の領地にも敷設(ふせつ)したいもんだぜ。まあ、でも……それはできたとしても、もっとずっとあとの話ってことになるんだろうけれど。

◇

車掌（しゃしょう）がそろそろ帝都……と告げる頃には、もう夕ぐれであった。茜色（あかねいろ）から、だんだん紫と闇（やみ）の中和したような空へと移ってゆく。

魔動列車の『機関部』から放出される蛍（ほたる）のような魔力の粒（つぶ）が、窓の外の暗闇をパアアアアっと後ろへ流れて行くのがすげー幻想的（ファンタジック）で、なんだか胸の締め付けられるような思いがした。


プシュー!!

降りてみると、帝都は緑の豊かな都（みやこ）であった。もうポツリポツリと魔力灯が灯（とも）っていて、街路樹に妖（あや）しげな陰影をつけている。

「ええと、どこへ行けばよかったんだっけ?」

そこでティアナのファイルを見ると、『まずお役所へ』とのメモがある。

で、行って見ると、お役所はガッチリとした石造りでなんだか威厳があった。ドアの装飾も重々しい。

「すいませーん……」

俺はちょっと緊張しながら『名義書き換え書類』を手に受付へ行く。

すると、受付のおねえさんは、

「私（わたくし）ではご対応いたしかねますので、上の者を呼んでまいります」

と美しい声で言った。

そんなものかなぁと思いつつ待合室で待っていると、しばらくして奥から30歳ばかりの実直そうな男が出てくる。

「私は課長補佐の○×です。しかし、私では対応いたしかねますので上の者を……」

と言ってまた奥へ引っ込んでしまう。

次に出てきたのは企画官、課長、審議官……とだんだん階級があがって、しまいには局長級が出て来た。

なんだか自分がすげーエライ人になった気がするな。

「恐れいりますが、すでに大王は大殿籠(おおとのごも)られていることと存じます。個別具体的な事案に関する発言は差し控えさせていただきますが一般論で申しますと、領地証書の名義書き換えはまた明日ということになるかと存じますが……」

局長はちょっと変な言葉づかいでそう言った。

「大王はもうおやすみか。じゃあ、どっかで一泊してまた来るよ」

「……一般論で申しますと、【領主級】の御用向きですから、宮殿へご案内申し上げるのが妥当かと存じます」

そう言って、局長は俺を馬車に乗せ、王の宮殿へと連れていった。

パカラッ！　パカラッ！……

宮内(きゅうちゅう)は広大な敷地で、森のような木々で覆(おお)われている。

まず馬車はその中の『応接所』で止まった。

「ここで少々お待ちください」

局長はそう言っていなくなるが、しばらくすると男をひとり連れて戻ってくる。

「エイガ様。こちらが当方の大臣でございます」

局長が【大臣】と言って紹介した男は物々(ものもの)しくうなずいた。

白髪交じりのヒゲを生やしていて、後頭部へ向かってピョロンとしたのが出た黒い帽子をかぶっている。

なんか奇抜な帽子だな。

俺はそう思いつつも、「勇者パーティから領地を譲り受けたので証書の名義書き変えにきました」と事情を話す。

「おお！　貴殿(きでん)があの【ギドラの大蛇(オロチ)】を倒した？　これは大王もお喜びになるであろう！」

「いえ、そんな……」

俺はあのクエストであんまり役に立ってなかったしなぁ……

「謙遜(けんそん)することはなかろう。そうか、そうか……それでは今宵(こよい)は麻呂(まろ)が御接待(ごせったい)申し上げよう」

そう大臣のヒゲが微笑(ほほえ)むと、局長の方は退出していった。

◇

そういうわけで、ここからは【大臣】が宮中の案内をしてくれた。

「なんか……すげーっスね」

そんなふうにガルシアみたいな口調でつぶやきながら、大臣のあとをついて行く俺。

敷地内にはいくつもの立派な御殿が立ち並んでいて、それぞれが『渡り廊下』で連絡されている。

渡り廊下には、屋根はしつらえられているけれど横面は吹きさらしだ。その細長く続く三角の屋根に等間隔で灯籠がかけられているのが廊下の白木にボンヤリ反射し、御殿から御殿へと移ってゆく貴族や女官たちの華やかに歩いてゆく姿を黄金色に彩っていた。


「さっ。こちらの御殿が麻呂の宿直所だ。遠慮せず入るがよい」

「おじゃましまーす」

宿直所で、大臣は俺に酒と料理をふるまってくれた。

モノがセレブなだけに、さすがにウマい。

モグモグ……ぐびっ♪

飲み食いしながら、大臣との会話は弾んだ。

話してみると、この人は気さくな上に頭が働き、人間のよく練れた人だった。

特に、この地域の『領地経営』の事情についていろいろと教えてくれたのはありがたかったな。

「この極東は、大王を盟主とした各領地の緩やかな連合体のような形で治まっておる。大王が領主を【任命】するが、それでなにか特別な責務を課すようなことはせん。ほぼ独立してやってもらえばよいから、堅苦しく考えることはないぞ。我々が税を取るようなこともないのでな」

「そーなんですか?」

「うむ。責務と言えば……年に1度の【議会】に出席することくらいだ。それも然るべき理由があれば欠席してもかまわない」

でも、そんな話を聞いていると、『領地を単位としてクエストをこなす』ということが、果たして許されるものなのかも気になってきた。

しかし、それも
「問題ない」

というのでホっとする。

「もちろんそれで謀反など起こす気配があれば討伐の対象になるがな。しかし、貴殿。面白いことを考えるなあ。領地を単位としてクエストをこなす、か。ワッハッハッハ」

と笑う大臣。

「だから領地領民でモンスターを倒していけるよう強くしたいんですけど……俺、こんなことは初めてで、どうやって領民とコミュニケートしていけばいいかって不安に思う部分もあるんです」

「ふむ……。それは【高札】をうまく利用することだな」

「高札? 領民はみんな字が読めるんですか?」

「極東の文字はだいたい土地の神官が民に教えているものだ。『書け』と言われれば1割2割しかダメだろうが、『読め』と言われれば半数以上は読める。まあ、領地によって地域差はあるだろうがな」

ところが、その極東の文字を当の俺自身が読めないし、書けないのだった。

そのことを正直に言うと、

「それはよくないな。ならば、麻呂の【秘書】をひとり遠雲へ連れて帰るがいい。人物は明日までに選定しておこう」

と言ってくれた。

第12話　秘書

翌日。

勇者パーティ名義になっていた【証書】は、無事に俺の名義へと上書きされた。これで名実ともに、俺はあの領地の【領主】ということになる。

「やあエイガ殿。貴殿なかなか堂々としておったではないか」

大王から任命の証（あかし）として『銅の剣（つるぎ）』を賜（たまわ）ったあと、大臣がそんなふうに言いつつ寄って来た。

「いやぁ。さすがに緊張しましたよ」

「ワッハッハッハ！　それはそうであろう。……ところでエイガ殿。これからの予定はどうなっておる？」

「はぁ。もう用事も済んだので、領地へ帰ろうと思いますけど」

「その前に少し麻呂の本邸へ寄らんか？」

「じゃあ、魔動列車の時間もまだなので、ちょっとお邪魔させていただきます」

そういうワケで、大王の宮殿を退出し、馬車で大臣の『本邸』へと向かう。


パカラッ！　パカラッ！……

大臣の本邸は、宮中の宿直所に増して豪奢(ごうしゃ)であった。たいへん庭に凝っていて、『西館』と『東館』で大きな建屋が並んでいる。

そのうち、大臣は俺を『西館』の客間へ通した。

客間はテーブル・セットにレエスのカーテン。ヘッド・ドレスを着けたメイドが、紅茶のダージリンを花柄のカップへ淹(い)れて差し出してくる。

俺はそれに二、三口を付けていたのだけれど、

トントントン……

と部屋の戸が叩かれるのを聞いて、カップを受皿(ソーサー)へ置いた。

「失礼します」

部屋の入口へ目をやると、グレーのレディス・スーツを着た女性が頭を下げている。

「やあ、ご苦労様。こちらへ来たまえ」

女はまた小さく頭を下げて大臣の後ろへ控えた。

「さて、エイガ殿。彼女が麻呂の秘書をしてくれている五十嵐君だ」

「五十嵐悦子です」

女は名のりつつ、今度は俺へ向かってお辞儀した。

お辞儀のたびに、高い位置で纏められたポニーテールが凛と揺れる。

「もしかして……昨日おっしゃっていた？」

「ああ。彼女はまだ若いが、とても優秀な人だ。きっと貴殿の役に立つだろう」

「……でも、本当にいいんですか？」

「ワッハッハ。実は、麻呂にも下心があってな。貴殿は【育成】のプロフェッショナルなのだろう？　ならば、優秀な人材を貴殿の元へ出向させれば、将来もっと大きくなって帰ってきてくれるにちがいない……と見込んでいるワケだ」

それを聞いて俺は、この大臣だけは敵にしてはならないと思った。

大臣はさらにこう続ける。

「それに、五十嵐君の地元は遠雲だそうだからね」

「え！　そうなの？」

俺は五十嵐さんの方を見て尋ねてみる。

「はい……」

彼女はニコリともしないで、ただそうなずいた。

「と、いうワケで五十嵐君。しっかりエイガ殿のお役に立ち、経験を積んでくるのだぞ？　ワッハッハッハッハ」

◇

帰りの魔動列車は、五十嵐さんが1等席を取ってくれた。

魔動列車でも船でも1等席ともなると『カネさえ出せば乗れる』というものではないので、俺にしてみれば人生で初めての経験となる。

「エイガ様はすでに領主級ですから当然のことです」

と五十嵐さんは言う。

1等席は個室であった。椅子(いす)はリクライニングで、デスクが備え付けられている。付き人の席というのもあって、（つまり1等席を取る人間は付き人がいるということが前提になっているということだが）五十嵐さんはそこへ座っていた。


ガタン、ゴトン……

列車の行くのに合わせてポニーテールがかすかに揺れている。

高く結ばれた黒髪の束には光沢(こうたく)が走り、少し太めの太ももにぴっちりしたタイト・スカートがメス馬のなめらかさを思わせた。

「……」

しかし、それでいてほとんど無表情で、微動だにしない。

「あのさ……」

「はい」

「五十嵐さん、遠雲出身だって話は本当?」

「はい」

「いつから帝都に?」

「大学時代からです」

「なんて大学?」

「帝国大学です」

「へえ……。今、歳いくつなの?」

「24歳です」

「そっか」

「……」

いかん。会話が続かない。帝国大学がどんな大学か知らねーし。

つーか、五十嵐さんももうちょっと会話を広げようとしてくれよ。俺の年齢も聞いてみるとかさ。個室でふたりだから沈黙が息苦しいんだよ。

「……」

ちっとも目を合わせてくれないし、ニコリともしないし……。

美人だけど目つきが鋭くて怖い。

もしかすると、今回俺について来るって話、彼女としては内心イヤだったんじゃないのか？　なーんて勘ぐっていると喋りかけづらくなって、それからひと言も会話はなくなってしまったのだった。

……でも、こんなとっつきにくい感じの女性が【女神の瞳】で見ると、

潜在職性：　お嫁さん

となっているのだから、才能ってわかんねーもんだよな。

◇

さて、『スカハマ』に着き、ガルシアと合流すると、五十嵐さんとの『会話のなさ』はさらに目立ってくる。

「……旦那。あの女、なんなんスか？」

と、ヒソヒソ言うガルシア。

「新しい仲間だよ。今後、秘書をしてくれる五十嵐さんだ。お前も仲良くしろ」

「仲良くって言われても……。自分。あーゆう女、超苦手なんスよねぇ」

「そんなふうに言うなよ、お前」


などと言い合いながら、木船で【遠雲】の閑散とした港へ到着すると、さらに問題が発生した。

「つーか、もう俺たち野宿するワケにはいかねーな」

「女性がいるんスからねぇ」

「あ、でも。彼女、遠雲出身らしいから、実家があるはずなんだよな」

「いいじゃないスか。それでいきましょう」

「じゃあお前、聞いてこいよ」

「えー、旦那が聞いてきてくださいよー」

うぜー。せっかく話すキッカケを作ってやろうとしてるのに。


ガルシアがそーゆーところではまったく役に立たないので、俺が五十嵐さんに尋ねてみると、

「実家は……申し訳ありませんが」

と、黙る。

実家のようにプライベートなところには立ち入ってもらいたくないってことだろうか？

「いや、いいんだ。五十嵐さんだけでも実家で泊まれれば、俺とガルシアはとりあえず野宿でもなんでもするからさ」

「それはダメです！」

「お、おう……。そうか」

五十嵐さんはキッとこちらを睨んで言う。

「ご自分の領地でわざわざ野宿なんて。エイガ様は新しい領主なのですから、ご自覚を持っていただかないと」

「は、はぁ。ごめんなさい」

「……中村の外れに神社があるはずです。業腹ですが、さしあたって領主にふさわしい宿はあそこでしかとれないでしょう」

なにが業腹なのかよくわからなかったけれど、とりあえず五十嵐さんのあとについていった。


神社は、なるほど確かに『中村』の外れの丘に建っていた。

石段が急で、例のごとくガルシアはひーひー言いながら登っていたけれど、五十嵐さんはスカートのスリットをパッツンパッツン張りながら何段も飛ばして登って行く。

なんだか、山のばあさんを思い出させるな。

ザッ、ザッ、ザッ……

石段を登ると、白衣を着た神職らしい50男が、竹ぼうきで境内(けいだい)を掃(は)いていた。

「すみません。おじさん」

「むっ、なんですか。あなた」

「お久しぶりです。私、五十嵐悦子です」

「五十嵐……⁉　ひょっとして、えっちゃんか！」

なるほど、間違いなくここは彼女の地元らしい。

五十嵐さんは、俺が今度の領主になることを説明し、さしあたって宿坊に寝泊まりさせてほしい旨(むね)、願い出てくれた。

「いやあ、えっちゃん。べっぴんさんになったなぁ。さっ、こちらへどうぞ。領主様」

と言って、男は俺たちを宿坊の部屋へ案内する。

「この神社の神主をしております吉岡十蔵です。親子二代でこの神社をやっております。そろそろ息子も帰って来ると思うので、あとで挨拶させますから」

「おじさん。将平は呼ばないでください」

五十嵐さんがそうつぶやいたときだ。

「あれ？　悦子？」

と、紙製の扉の向こうから男がのぞいていた。

神主と同じ白い衣を来ているが、ところどころ泥で汚れている。

「親父。なんで悦子がいるの？」

「えっちゃんはな。こちらの新しい領主様の秘書をやることになったんだ」

「領主様？」

「どうも。新しい領主のエイガです」

「どうも」

神主の息子はさすがに一度俺へ頭を下げたが、すぐに五十嵐さんの方へ向き直る。

「そーか。悦子、とうとう左遷か。まあ、気を落とさないで」

「左遷じゃないです……。大臣様が希望者を募ったから、自分で希望してエイガ様についてきたんですから」

え？　そーなの？

嫌々(いやいや)じゃなかったんだ。

「もう引っ込んでください。服汚れてますし」

「しょうがないだろ。僕、今堤防を作ってきたんだ」

「あの、村の近くの川の？」

と俺が聞くと、父の方が答える。

「息子は堤防づくりのリーダーをやっておりますので」

「へえ。たいしたもんだな」

「いえ別に、僕はそんな大したもんじゃないデス」

神主の息子は、俺に対してはそんなふうにボソボソ言う。

しかし、

「いやぁ、あれだけの大工事だから、きっと誰か優秀なリーダーがいるはずだと思ってたんだ」

なーんて言ってやると、

「ま、まあ。そろそろ『田起こし』の時期だから、今日までで工事は一時中断ですけどね」

などと少しふてくされながらも、ニンマリ頰肉の持ち上がるのを堪えているようであった。

「っ……」

そんな将平を、五十嵐さんはギリギリと睨む。

「エイガ様……。でも、この人ザリガニ投げてくるんですよ」

なにを嫉妬してるか、俺にそんな告げ口をしてくる五十嵐さん。

「悦子！　それ、子供の頃の話だろ！」

「それに神社の石像の首、はずしたの将平なんです」

「ぐぬぬぬぬ」

五十嵐さんの矢継ぎ早の攻めに、将平も反撃に出る。

「悦子こそ！　12歳まで『おねしょ』してたくせに」

「ちょっ⁉……」

「え、12歳まで『おねしょ』してたんッスか?……」

とドン引きするガルシア。

デリカシーないぞ。

「してないです!!」

なぜか俺の胸ぐらをつかんで言う五十嵐さん。

「えっちゃん、ウソ言ったらいかんで」

「1回だけですよぉ!!」

五十嵐さんはタイトスカートの尻をモジモジさせながら叫ぶ。

「わっはっはっはっ」

俺がそうやってずっと笑ってると、

「もう!」

と、ちょっと拗ねた。

◇

神社では、夕餉も出してくれた。

ガルシア、五十嵐さん、吉岡親子が膳を囲んでいる。

ちょうど、俺がこれから協力を仰ぎたいと思っている面々だ。

この際だから俺が領地を単位としてクエストをこなしていこうとしている意思をあらためて話し

てみた。

「領主様が元冒険者だっていうのはわかりましたけど……」

するど、そんなふうに疑念をはさむのは吉岡将平、息子の方である。

「領民たちは領主様の期待に応えられないと思います。そもそも、みんなクエストなんてまるで関心はないんですから、いくら『領主様の命令』でも、ヤル気になんてなりませんよ」

「そうっスよ。それでムリヤリ戦いへ引きずり出しても、クエストにならないんじゃないっスか?」

ガルシアも将平の意見と同じようだった。

と言うかコイツは元々、『冒険者が引退して領主になること』を面白がっていたのであって、領地でクエストをこなすことには別に乗り気ってワケでもなかったんだろうな。

商人なワケだし。

「わかってねーな。それをヤル気にさせるのが【育成】の第一歩だぜ」

「……もちろん、エイガ様にはプランがおありなのでしょう」

とハードルをあげてくるのは五十嵐さん。

「まあな」

と言って、俺は茶碗を置く。

「要するに、『戦い』のモチベーションも『堤防づくり』と同じさ。この領地には7つの村があってかなり『村』単位の意識が強そうだけど、例えば『川の氾濫』っていう共通の問題があれば村同士連携して堤防をつくったりする。だから、『戦いのモチベーション』も『領地全体で共有する問題意識』をわかりやすく解決していくような方向性があれば、同じように生まれてくるはずだろ」

「なるほど。それはそうですが、そんな方向性がありますか?」

「ある」

将平の問いに、俺は即答した。

そして、味噌を溶かした汁をひと口飲んで続ける。

「それは、領地の西側に生息するモンスターの駆除だ」

「あっ」

とガルシアが軽く叫んだ。

そう。コイツとは西側を一緒に歩いたのだものな。

人に全然会わなくて、多くの弱モンスターと遭遇した。

「この領地の人々はみんな山の南側に住んでいる。それは西側にはモンスターが出るからなんだろ? それを領民みんなで駆除できれば、西側にも人が住めるようになるし、なにか産業を起こすこともできるかもしれない。……まあ、そこまで考えられなくても、みんな少なくとも『モンスターのせいで西側に住むことのできない状態』を快く思っていないだろうから、きっとモチベーションを共有できるんじゃないか?」

「それはそうかもしれませんけど。領民はみんな戦いなんてズブの素人なんですよ。本当にモンスターを倒せるようになんてなるんですか?」

「……エイガ様は【育成】をご専門になさっているんです」

大臣から聞いたのだろうか。

五十嵐さんが俺の代わりに応えてくれたが、俺はもう少し具体的に答えようと思う。

「将来的に、２５００人の村人の中から150人ほど戦える人間を育成してゆく。俺が勇者パーティで培(つちか)ったあらゆる育成スキルを使ってみせるから、すぐにそれなりに戦えるヤツも出てくるはずさ。それに……西のモンスターたちはそんなに強くない。いや、ハッキリ言って初級レベルの弱いモンスターばかりなんだからな」

そして、この弱いモンスター討伐によっても、領民は【祝福の奏(かなで)】によって2倍の経験値を得るのだ。

「もちろん。この150人にはみんながみんな常にクエストに参加してもらわなくってもイイ。というか、いろんな村の人間を集めるつもりだから、各村の産業の繁忙(はんぼう)期があるだろう。基本的にそっちを優先してもらいたい。例えば、『中村』の人たちは農閑期にクエストに参加してもらえればいい。『木村』の人たちはこれから堤防づくりが中断して仕事が減るだろうから、春先に参加してもらう。そんな感じでローテーションしていこうと思う。……まあ、何十人かはクエスト専業でやってもらうことになるかもしれないけど、できる限り産業を妨げないように気を配るつもりだ。今ある産業を蔑(ないがし)ろにしたら長期的には戦力も上がっていかないだろうからな」

ふう……。

俺はひと息ついてから、

「とりあえずそんな方向性で始めてみようと思うんだけど、協力してくれないかな？」

と尋ねた。

「私はエイガ様のなさることを勉強させていただくまでです」

五十嵐さんがまずそう答える。

「自分は、旦那がそこまで考えてんなら、ついて行くっス」

ガルシアが次に答える。

「各村の産業が壊れない範囲ならイイんでねえか？　将平」

「……うん。そうだな」

と吉岡親子も言う。

これで、本当にみんな一応協力してくれるってことでイイのかな？

「じゃあ、明日からガルシアは領地の経済状況を調査してくれ」

「はいっス」

「吉岡親子は『俺と領民』との仲介役になってほしい」

「わかりました」

と十蔵が言い、将平もうなずく。

「で、五十嵐さんは……」

「はい」

と、無表情ですげー距離を詰めてくる五十嵐さん。

唇がピトリとくっついてしまいそうなのを避けながら、

「俺の補佐と高札の清書を頼む」

と、なんとか言うと、鋭い目つきでうなずいた。


うん。

なんか、楽しいな。

この感じ、どこかで覚えがある。

ああ……そうか。

クロスと冒険パーティを始めて、だんだん仲間が増えてきたくらいの感じと同じなんだ。

私はまた世界1位だった。

今月はサボっていたからあやうく3位になりかけるとも思われたが、やはり1位だった。

私は満足して『冒険王』をエイガ・ジャニエスへ返すと、【冒険者ギルド極東出先機関】を出る。


チリリン……チリリン♪


ドアを閉める前にふと振り返ると、まああの美形と言えなくもないが少し影のあるエイガ・ジャニエスの顔が、再び『冒険王』の表紙を憂鬱(ゆううつ)そうに眺めているのがチラリと見えた。

それにしても、世の中ウマく行かないものだな。

ど～でもイイ連中はわんさと寄ってくるのに、自分が『一緒にいたい』と思う者は一緒にいてくれないし、どこかへ行ってしまう。

そう。

ユウリのヤツだってそうだった……

◇

「ちょっと前なら覚えちゃいるが……3年前だとちとわからねぇな」

と、スカハマの水夫は言った。

「3年前ではない。3年前は私が弟とはぐれてしまった時期だ。で、この港にその弟らしき姿を見たという人があって、彼によると……半年前らしいのだが」

「半年前でもちとわからねぇな」

「そ、そうか……」

「悪いな。他をあたってくれよ」

水夫はそう言って、労働へと戻っていった。


——弟のユウリとはぐれてしまったのは3年前のこと。

そのときまだ私は世界17位だった。

よく12位のヤツにイジメられたりもしたけれど、弟とふたりでのぞむ冒険が楽しくてたまらなかった時期だ。

しかし、ある日。

山でオークの群れを退治していると、気づくと弟はいない。

「ユウリ？……」

私は必死に山を探した。

喉(のど)を絞りあげて弟の名を叫ぶ。

陽(ひ)が赤くなる頃には声も枯れて、焦(あせ)りに涙がにじんだ。

次の日も、またその次の日も……ひと月山を探したけれど、とうとうユウリは見つからなかったのだった——


あれから3年がたったが、今でも知り合いからユウリの目撃情報らしいものを聞くと、こうしてクエストをすっぽかしてでも探しに行ってしまう。

そう。ユウリさえいてくれれば、私は世界100位だってかまわないのだ……。

「はぁ……」

それで今回も『スカハマ』で聞き込みを続けていたのだが……

しかし、本当はわかっている。

あの元13位の男がくれるユウリの目撃情報が、すべてウソだなんてことは。

きっとユウリはあのとき、あの山で、もう……。

でも、いよいよ諦(あきら)めてしまうと胸が寂(さび)しくてどうかなってしまいそうになるから、私は自分で自分を巧妙(こうみょう)に騙(だま)し、こうして時おり弟を探しに行くのだ。

◇

翌週。私は極東を離れ、冒険へと戻った。

「グリコさんには手ぬるい案件だと思うのですが、『ジャイアント・トロールの群れ』の討伐をお願いしたいんです。……というのはですね、先に若手のホープに向かってもらったんですけど、これがなかなか苦戦しているようで」

ギルド職員が言っていた『ジャイアント・トロール』の現場は、大陸の、とある森の中だった。

なるほど。ジャイアント・トロールは職員の話以上に増えているようだ。森に入ると、肉眼で捉えられるほどの邪気に満ちている。

……面倒だな。

と、そんなふうに思ったときだ。

「おおおおおおお!!」

ふと、清水のように甲高い声が木々の中から凛とこだまするのを聞く。

職員の言っていた、若手のホープだろうか?

ははっ、元気がいいな。

ちゅどーん！！！


続いて魔法的な爆裂音がするので、私は急いで音の方へ駆けつける。

「だあああ！　たぁ‼　たぁ‼　たぁ‼……」

なんと。行ってみると、戦っているのは子供だった。

十代も半分まで行ってないのではなかろうか？　半ズボンから伸びる細脚。華奢な身体に白いブラウス。サラサラな髪はまるでお人形のようである。

しかし、相当の使い手ではあるらしい。魔法系の能力を駆使し、光輝く魔力エネルギーを掌から放っては次々とモンスターへ命中させていく。


どん！　どん！　どん！　どん！　どん！　どん！　……ちゅどーん‼


息もつかぬ連打だ。

ところでジャイアント・トロールは決して討伐の簡単なモンスターではない。通常のトロールの3倍の大きさがあるし、あれだけの群れともなればかなり厄介な戦いになるだろう。


どん！　どん！　どん！　どどどどど‼……

でも、すごい。

ムリヤリとも言える波状攻撃に、魔物の群れは次第に数を減らしていっている。

「たぁ!!　たぁ!!　たぁ!!　……だあああああ！」

しかし、生の魔力エネルギーをそんなに焦って連発して大丈夫か？

「らあああ!!　……っ……はぁはぁはぁはぁ」

ほら言わんこっちゃない。

息切れしているではないか。

「くそ……」

と、汗をぬぐう。

でも、まだまだ群れは残っているぞ？

土煙の中から、ジャイアント・トロールたちの陰影がのぞく。十匹以上はいそうだ。

「おい！　キサマ!!　手伝ってやろうか？」

私がそう叫ぶと、あの子は黒髪をキッっと舞わせ、こちらを見た。

美しい顔……ユウリ？

と、一瞬思ったがそんなワケがない。

もう3年もたっているのだから、弟ももう少し年長になっているはず。顔も全然似てないし、髪の色すら違うではないか。

どうかしてるな、私……。

「あなた、誰！」

少年は高い声で尋ねる。

「私が魔法剣士グリコ・フォンタニエだ！」

「……あの、世界1位の」

「そうだ！　キサマでは荷が重いと聞いて、助けにきたのだ!!」

そうやって正直に言ったのはマズかった。

少年は意固地になったようにギリギリ歯噛みする。

「手を出さないで！　アイツらはボクの獲物だよ!!」

「キサマ！」

「うるさい！　黙っててよ!!」

「ちがっ、前を……」

その時。

私に気を取られていた少年の身体（からだ）を、ジャイアント・トロールの重い腕が薙（な）いだ。

「きゃっ！」

ハンカチのように吹っ飛ばされる少年。

「キサマぁ！」

「来るな！　世界1位には……ボクがなるんだ」

少年はボロボロの身体でなんとか膝をつくと、左腕をぷるぷると掲げ、オレンジ色の光の玉を担いだ。

あれは……爆裂系魔法の最高レベル5、【ファイナル・エクスプロジオン】だ。

普通、この歳で使いこなせる技じゃない。

恐ろしい子……。

いや、しかし。そんな距離で放てば、自分も爆裂に巻き込まれてしまうぞ?

「よせっ!」

「おおおおお!!」

止める間もなく、オレンジ色の玉は少年の手から放たれた。

◇

「お、おい、キサマ。大丈夫か?」

「う、うーん……」

ホッ。気を失っているだけだな。

そう。

私はこの子の魔法を止めることはできなかったけれど、超絶的な魔法爆裂が広がって行く前に彼の身をさらうことはできたのだ。

少年は、私の腕の中で身をぐったりとさせている。
こんなにボロボロになって……。
なにがこの子をそんなに駆り立てるのだろうか。

パァァァァ……

私は少年に回復魔法をかけてやる。
しかし、まだ起きない。
どうやら水分が不足しているようだ。
私は彼を抱え、水場を探した。
しばらく行くと泉があったので、脇(わき)に降ろす。
「おい。水だ」
と手に掬(すく)って口へやる。

コクリ……

小さな喉が鳴る。
「っぷ！　……っはぁはぁはぁはぁ」

水をやると、ずいぶんよくなったようだ。

もう、うなされないで、私の膝の上でスースーと寝息をたてている。

こう見るとさっきまでジャイアント・トロールを相手に戦っていた少年とは思えないな。

あどけなく、まるで女の子のようだった。

寝返りを打つと、びっくりするほどサラサラな髪が私の太ももをくすぐり、無意識のうちに腹筋へ頬をよせる息づかいは小動物みたいだ。

プニプニした頬。

整った鼻先は、ちょうどビキニ・アーマーの境目の、下腹部の筋肉の溝をたどり、キャッキャと満足げに小さな息をたててくすぐってくる。

「そんなに私の腹筋が好きか？」

「……えっ？」

そう言うと、少年はハッと目を覚ました。

「あ！　いやっ、ちがっ……これは、あの……」

「ははは！　恥ずかしがることはない。男の子なのだからな。キサマくらいの年頃（としごろ）になれば、ビキニ・アーマーの腹筋にキョーミが出てくるのも当然のことだ」

「ちがっ!!　ボクは……」

少年は顔をカアアアア……っと赤くして俯（うつむ）くばかりであった。

◇

「ボク、もう帰るよ」

と少年が言うので、私はまた寂しくてたまらない心地になった。

「キサマ、よかったら……」

「え？」

「よかったら！　私とパーティを組まないか？」

後悔しないように、思いきって言ってみた。

しかし、

「ごめん。ボク、お師匠のところへ帰らないと……」

と、少年はシュンとする。

「……なんだ、師匠がいるのか？」

「うん。とっても尊敬している師匠なんだ。だから……ごめんなさい」

「謝(あやま)るな。仕方がないだろう」

「ん。でも、あなたは世界1位なんでしょ？　世界1位にはそのうちボクがなるから……その時は一緒に冒険してあげてもいいよ」

「ははは、生意気な」

「……決めてるんだ、ボク。世界1位になるって」

少年はポツリと言い、

「じゃあ、またね！」

と手を振った。

「ま、待ってくれ。キサマの名は？　えっと……その……。名を教えてくれないと、せっかくキサマが世界1位になっても誰だかわからなくなるだろう？」

「うーん。そっか」

少年は立ち止まると、天使のような笑顔でこう言った。

「ボクは、モリエ。……超攻撃的ウィザードのモリエ・ラクストレームだよ」

《第3章》領地強化

第13話　憑依（ひょうい）

俺（おれ）は神社の宿坊で、【高札】の下書きをしていた。

「……」

それを秘書の五十嵐さんが極東の文字に書いてくれている。

ガルシアは領地を見て回っていて、吉岡将平はそろそろ田んぼが水入れの時期だというので用水路を見に行っていたから、部屋は水を打ったように静かだ。

「領主様。お届け物だそうですだ」

そんなとき、廊下から声がかかった。

スー……紙の戸を開けると、割烹着（かっぽうぎ）を着た若い女がひとり座っている。

「ああ、どーも。奥さん」

彼女は吉岡将平の奥さんだ。若く細いが、もう2人子供がいるらしい。

田舎（いなか）の人って結婚するの早いよね。

「荷物、よーやく来たんだな。じゃあ入ってもらって」

「だども領主様……あの大荷物を部屋へ入れだら、寝る場所がなくなってしまうんでねえですか?」

「え、そう?」

　この『荷物』というのは、俺が勇者パーティを解雇になった翌日に『港町マリンレーベル』で買い込んだ装備や道具である。住所が定まったら送ってくれと言っていたアレだ。

　当時は俺自身が長年消費するつもりで大量に買い込んだものだが、今は領民で編成するつもりの【部隊】に装備させようと考えて、さっそく送ってもらったのだった。

　しかし……

　神社の境内(けいだい)で飛脚(ひきゃく)の担(かつ)ぐそれを見ると、確かに将平の奥さんの言うとおりだ。手紙で小切手を切り、武器屋に個数の追加を頼んだのがさらに量を増やしていた。

　しまったな……。


「エイガ様。ご自身の館(やかた)が必要です」

　と、誰(だれ)かの息が耳元に吹きかかったのでハッと振り返ると、ほぼゼロ距離で五十嵐さんが真面目(まじめ)な顔をしていたからビビった。

「そ、そーしたいのは山々だけどさ。家ってどーやって建てるの?」

「まー。ウチはいくらでもおってもらってかまわんで、えっちゃん」

　そこで吉岡十蔵が縁側から割り込んでくる。

「しかし、領主様もそういうわけにはいかんでしょうから、『大工の棟梁』に話をつけておきましょう」

さすがに十蔵は領地の人間に顔が利くようだ。

「ありがたいけど。おカネかかるんじゃねーの？」

退職時には銀行に2205万3450ボンドあった俺のおカネも、今は1200万ボンドと手元の300万両あまり。合わせてだいたい1500万くらいだ。けっこう減っているから、マジ節約していかねーと。（主にガルシアのせいだけど）

「まー。褒美があれば話は早いですが、新しい領主様なのでそこらへんは『貸し』で大丈夫でしょう」

というわけで、俺の館が建つことになった。

◇

翌月。

俺の館は、さしあたって大川を南へ行った下流を、少し西へ行った海沿いに建てることにした。

館をこの位置に定めたのには理由がある。

ひとつに、これから領地の西側のモンスターを討伐するのだから、その境目の近くに居を構えた方が都合がよいから。もうひとつは、大川の下流にもうひとつ港が作れないかと考えたからだ。

カン！　カン！　カン！　カン！……


金槌（かなづち）の音が、まるで遠くの雲から降ってくるように響いていた。

8割は晴れた青空の下で、ねじり鉢巻きに釘（くぎ）をくわえた大工たちが俺の館を作ってくれている。

しかし、あれは『本館』だ。

今日は、とりあえず『離れ（はなれ）』が完成したというから来てみたのだった。

「おお、なかなかいいじゃん」

これは本館と違い、靴を脱いであがらなければならない。そんなに大きくはないけれど、室内で軽く修行できるくらいのゆったりとした部屋がひとつ。

俺はしばらくここで寝転がって、この『離れ』の使い道を思案したあと、また外へ出た。

「あ！　アンタ!!」

ちょうどそのとき。

女の大きな声がして振り向くと、材木を積んだ荷車と、たくましい若者の集団が群れを成しているのが見えた。

ああ。『木村』の運送集団だ。

「本当にまた来たんだねぇ！」

リーダーの女が駆け寄って来て俺の両手をギュッとつかんだ。

あいかわらず大きな乳房に薄い単衣。ふんどし一丁の尻が小麦色にぷりぷり揺れている。

「キミこそ。俺の家の木を運んでくれたんだね」

「!!　……じゃあ、アンタが新しい領主様かい？」

どうやら高札を読んでくれたらしい。

高札には、俺エイガ・ジャニエスが新しい領主に就くこと、西側のモンスターをみんなで退治して開発を進めようとしていること……の2点を書き、すでに7つの村へ掲示している。

館のために木を運ぶ彼女は、これが俺の家だというので察したのだろう。

「うん。じゃあ山の西側の話も見てくれたんだよな？」

「見た見た」

「キミにも戦ってほしいと思ってるんだ。武闘家の才能があるんだから」

「？　……そんな！　ウチには木運ぶくらいしかできないよ」

「大丈夫。俺がやさしく教えるからさ……」

と、言ったとき。

俺の視界にチラっと『離れ』が映る。

そうだ。アレはこの使い道が最適じゃないか。

俺の育成スキル【憑依】の。

◇

育成の基本のひとつは、

『やってみせ、言って聞かせて、させてみて……』

である。


これをほぼ完全にひとつにした育成スキルが【憑依（ひょうい）】だ。

もっとも、憑依（ひょうい）は『シャーマン』などが自分に霊などを乗り移らせるスキルとして知られているけれども、俺はそんな高等技術は使えない。

俺ができるのは、自分の魂を他者へ移すこと。

つまり、『自分の魂（たましい）を育成対象に移す』のである。


例えば、武闘家の職性を持った娘の身体（カラダ）へ俺の魂を乗り移らせるとする。そして、娘の身体で俺が武闘家の技を繰り出せば、彼女はその身体で技が体験できるというワケ。すると次に、俺は力を借さずに、娘だけで技を繰り出させてみる。これの繰り返しだ。

このスキルは想像以上の効力を発揮する。例えば、一流の冒険者のすばらしい動きを見ると『一度あの人になって、動きを実体験したい』と思うことがあるだろう？

それをまさに実現するのが、この【憑依】なのだ。

ただし、このスキルには欠点がふたつあった。

第一に、やってみせる俺の実力以上の相手には、意味がないということ。つまり、俺の精一杯……中級レベル以上の使い手には指導の意味をなさなくなる。

当たり前だけどな。

じっさい、勇者パーティでもティアナやエマ、モリエなどは、俺の憑依で技を会得していったのだが、それは本当に最初だけですぐに無意味なスキルと化した。

ただ、俺はどんな職業でもひととおり中級までこなせるから、この娘の『武闘家』の職性だって指導してやることができるはずだ。

第二の欠点は、憑依発動にはいろいろと制約が多いということ。

まず、確固たる『両者の合意』がなければならない。そして、静かで、清浄な空間で、ふたりきりにならなければならない。

そういう意味で『離れ』は適切だった。

「チヨ……。じゃあ、いい？」

俺は『離れ』のゆったりとした部屋に武闘家娘を横たえて、そう尋ねる。

「……ん」

と合意したので、俺は【魂】で娘に触れてみた。

ヌ……ヌヌヌヌ……

「で、でも、ウチ。なんだか怖い……」

「だいじょうぶ、怖くないよ。でも、もうちょっと力を抜いて。深呼吸を」

「ふー……」

俺の『魂』が、娘の健康的な肢体へ入ってゆく。

静かな場所だから、娘はすぐにリラックスできたようだ。

「いっ！」

「大丈夫か⁉」

「っ……平気。ちょっとビックリしただけさ」

「もう少し進めるぜ」

俺の『魂』はさらに奥まで侵入し、とうとう娘の身体にガッチリと嵌った。

「どうだ？」

「な、なんか……ヘンな感じだねえ」

そりゃそうだ。ひとつの身体にふたつの魂が入っているのだから。

「少しずつ動かすからな」

「う、うん……」

娘の身体に憑依した俺は、この手足を動かしてゆっくりと立ち上がる。

よいしょ……。

やはり女性の身体は勝手が違うな。特にこの娘は乳房が重いし、白ふんどしのキュッと絞まった密着感がなんかすげーソワソワする。

でも、これから育てていこうという大切な身体なのだから、一挙手一投足、手本になるフォームで動かなくてはならない。

「はあああぁぁぁ……はあ！　はあ！　はあ！　はあ！」

俺は娘の高い声で武闘家の突きを連発した。

「さ、今度は、自分で動いてごらん」

「えっ？　……ん、んん」

そう言って俺が動かすのをやめると、娘は少し躊躇したように尻をモジっとさせる。

まあ。最初は、大きな声を出して動くのが恥ずかしいものだよな。

「はあああぁぁぁ……はあ！　はあ！　はあ！　はあ！」

「よしよし。うまいぞ」

「っ！　……そうかい？　へへへへ♪」

あとはこれの繰り返しである。

職性があるのだから、娘の武術はみるみるうちに上達した。

さて、憑依(ひょうい)のあとは、なんだかお互い気恥ずかしいものだ。

「よくがんばったね」

と、髪へ手櫛(くし)を入れてナデてやると、武闘家娘は照(て)れたようにはにかむ。

「じゃあ、また練習しよう」

「ん……♪」

うん。この調子でいけば、この娘はすぐに戦えるようになりそうだな。

第14話　祝福の奏(かなで)

ガルシアの調査によって、ティアナのファイルよりも詳しく7つの村の概要をつかむことができた。

人口と主な産業を並べるとこうだ。

1『中村』　1200人（穀物）
2『磯村』　700人（海産）
3『谷村』　300人（野菜）
4『木村』　120人（材木）
5『島村』　80人（海産）
6『外村』　50人（商業）
7『山村』　32人（？　）

最も大きい『中村』は今、田植え前の繁忙期である。まだまだ大規模に人員を招集することができそうにない。次の『磯村』も漁期によっては忙しい人も多い時期なのだそうだ。

よって、さしあたっては将来の幹部候補となりうる職性を持った者や、特に有用なスキルを身に付ける可能性のある者だけを少数……25名選抜した。

これは約2500名の領民の1％強に相当する。

シーズンを問わずにクエストへ参加する者は人口の2％を超えない範囲、つまり25名～50名に留めるべきであるというのが、俺とガルシアで話し合った末での方針だった。

また、人口の多い村、少ない村というのがある点にも注意が必要だ。

例えば、人口は少ないけれども商業で後々ポイントになってきそうな『外村』や、下手したら消滅の可能性がありそうな『山村』からは、今回招集はしていない。

山村についてはまだなにやってるかもよくわかってねーしな。

で、その選抜25名の内訳はこう。

・攻撃系魔法使い　10名
・前衛剣士　7名
・支援系魔導士　3名
・回復系魔導士　2名
・射手（しゃしゅ）　2名
・武闘家　1名

攻撃系の魔法使いを多く取ったのは、先々のことを考えてのことだ。というのも、領民の中からの『選抜』とは言え、みんなそれほどの才能を持っているワケではない。だから、将来的に【融合魔法】で魔力を合わせて、全体として高い攻撃力を得られるようにしたいってワケ。

まあ、それはあくまで将来的な話で、すぐにそこそこの戦力になるのは7名の剣士だろう。

ただ、剣士も抜きん出た才能の持ち主がいるワケではないから『支援系魔法』を掛け合わせていけなければ未来はない。

そういう意味では、支援系の職性を持つヤツをもう少し多く集めてもよかったかもしれないな。

一方。回復班が少ないように思われるかもしれないけど、回復はアイテム物資で補うことができる。将来を見越して、全体回復魔法を覚える可能性のある2名だけを選抜した。

あと、射手と武闘家について。


射手は、さっき言った【融合魔法】が可能になったら、最終的にモンスターへ攻撃を命中させる役割を担うはずだ。今のうちから弓やマスケット銃で腕を磨いてほしいと思って呼んだ。

今回選んだひとりは、じっさいに山で鹿狩りをしていたおっさん。もうひとりは、『島村』で海女をしていた少女である。


武闘家は『木村』のふんどし娘だけど、彼女については戦闘能力以上に期待している役回りがあった。

それは【輸送能力】である。

今は少人数を領地の西へ連れて行けばイイだけだけど、今後は100名を超える部隊を引き連れてクエストをこなしていこうと考えている。

その際、大量の『回復アイテム』や『食料』、『装備の予備』などとともに移動しなければならない。

だから、彼女の材木を運んでいた経験はすげー重宝すべきものなのだ。

ただ、武闘家娘にクエストで活躍してもらうということは、『領内の材木流通』に影響を及(およ)ぼしてしまう可能性がある。

すると、領主としての内政って観点からいけば、まずは『流通』のためのインフラ整備ってことになりそうだけど……今のところ物量不足だ。

◇

「ヨルド!!」

俺は氷系の攻撃魔法（レベル1）を唱えた。

キーン……

氷柱(つらら)のような氷の刃(やいば)が、火系のカエル【タバスコ・ガマ】へ襲いかかる!

「おー!!」

「スゲー」

「さすが領主さまだ!」

モンスターが倒れると、その場の男女が歓声をあげた。

で、【祝福の奏(かなで)】により2倍の経験値がこの25名へ降(ふ)り注(そそ)ぐ。

「いいか! モンスターを見つけても戦うなよ! 俺に知らせるんだ」

そう口を酸っぱくして命じるのだが、

「えー」

「オラらも剣とか魔法でモンスターを倒してみてぇだ」

と、不満げな領民たち。

うーん。そろそろ戦わせてやってもいいかなぁ……

そう思って俺はステータス見の能力で選抜隊を眺めてみる。

「……」

まあ、もっとも。

俺のステータス見の能力は中級の域を出ないし、そもそもステータスというのは鵜呑みにしてはならないものである。


というのは、『戦闘能力の項目を数値化する』というのは、けっこうムリヤリなところも多いものだからだ。ステータスの分野には、『どの切り口で、どの前提で、どの基準で数値を計るのか……』という対立がたくさんあり、現にいろいろな説やモデルがあって、世の学会ではゲンナリするような思想的、宗教的な対立が起こっていたりもする。

ただ、そーゆー点をふまえて、あくまで『目安』として使うのであれば、『ステータス見』も有用なものである。

それで俺がいつも初級、中級レベルの冒険者に対して使っているのは【戦闘力】というステータスだ。これはポピュラーで一般性があるし、最初からザックリしているので『目安』として見るにはピッタリなのだ。

しかし……

俺は『剣士』として採用した『谷村』のおじさんを見てみる。

戦闘力……たったの5か……。

みんなの熱意は買うけど、まだ戦わせるワケにはいかないな。

武闘家だけは戦闘力32あるけれど、あの娘はあらかじめ【憑依】によって訓練を積んでいたからで、他の面々はおじさんと似たり寄ったりである。

俺はまだみんなに戦闘を禁じ、自分で『角付き兎獣』『グッド・ビー』『マーガリン・ドッグ』などを立て続けに倒していった。

そー言えば戦闘は久しぶりだな。

相手は初級モンスターだけど、やっぱり楽しい。

そう思って振り返ると、みんなだいぶ戦闘力も上がってきていた。
17、23、14、11、32……

うん。

俺は人のレベルを見てやることはできないけど、どうやら経験値2倍の恩恵でみんなレベルも上がったようだな。

これくらいだったらもう重傷を負うこともないだろう。みんな俺がマリンレーベルで買っておいた中級の装備も身に着けているしね。

「よし！　もう戦っていいぞ!!」


おおー!!


領民たちは待ってましたという感じで飛び上がり、モンスターを探しに散っていった。

「おい!!　あんまり離れすぎるなよ！」

「あっ、すんません」

若いヤツはのめり込みすぎて遠くへ行きがちだから止めに入らなければならないな。

やれやれ。

他にもそーゆうヤツが出てこないか……と見渡したとき、

「よっしゃー！　倒したぞ!!」

ざわ……

領民によるモンスター討伐第一号が出たようだ。

やっぱり剣士か。

相手は『グリーン・バッド』だった。

「おー、すげー」

「いいなー」

と、周りの声。

「よくやったな！　みんなももう、これくらいできるはずだぜ!!」

しゃー！　……と言って、みんなまた気合いが入る。

こういうものは、最初に誰か『できたヤツ』が出てくると、その場のみんなもできてくるものである。

『あ、できることなんだ』

って、思うんだろーな。

それぞれが一匹以上はモンスターを倒し、勝利の喜びを知ったようだ。

それから俺は、『どっちが倒したか』でケンカするヤツらを止めたり、またひとりで遠くへ行きそうなヤツを呼び止めたり、熱心にも質問してくるヤツに答えたりして、自分で戦うことはしなくなった。

別に俺がモンスターを倒さなくても、この場の誰かが倒せば【祝福の奏（かなで）】はみんなに恩恵を与えるのである。

だったら、戦い方を実戦で身に付けていってもらった方が実質的な強さはあがっていくだろうしね。

カァー、カァー……

気づくと、空は茜。

「おーい！　そろそろ帰るぞー!!」

「えー、もうちょっとやりましょうよー」

「んだんだ」

と言うが、夜はモンスターの魔性が強くなる刻なので、それはできない。

まだみんな、そこまでは強くなっていないからな。

でも、【戦闘力】を見ると、明らかにみんな上達しているのは確かだった。

71、65、49、81……

個人差はあるが、見違えるようだ。

ふんどしでお尻を出しているからであろうか。モンスター討伐数の一等賞は武闘家の娘であった。

「みんな、初日なのによくやったって。また明日な」

「はーい」

そう言って俺たちは、ゾロゾロと南側へ引き返していった。

今日の戦いを振り返り、興奮気味に話すヤツが多い。

わっはっはっはっは……

あの微笑(ほほえ)み合いに混じって仲よくすれば楽しそうだけど、俺は領主だから、西の空に浮かぶ三日月からの視点で彼らを見守りつつ帰った。

第15話　レシーバー

****

エイガ・ジャニエス様

拝啓

ドラゴンの吹く炎に汗の滲(にじ)む時節になりましたが、領地での生活いかがおすごしでしょうか。

さて、パーティを抜けてもらったあなたに今さらこんな手紙を送ることは、本来差し控えるべきだと思うのだけれど、これは他のメンバーとも相談した上で、あなたにも伝えておいた方がよいだろうという結論に至った上での手紙です。

実は先日。モリエがいなくなってしまったの。あなたのことを慕ってのことだと思うわ。

あの子にはあなたの領地を知らせてはいないけれど、もしあなたの居場所をつきとめてやって来ることがあれば、どうかパーティに帰るよう説得してください。

極東の夏は蒸(む)すと聞いています。ご自愛下さい。

かしこ

ティアナ・ファン・レール

****

はぁ……。

モリエが遠征から帰って俺の解雇を知ったら……って予想はしてたけど、やっぱりか。

でもそこらへん、ティアナならなんとかすると思ってたけどな。なにせモリエのヤツが一番なついていたのはティアナだったんだから。一緒に風呂入ったりして仲良かったし。

でも……そういえばモリエって今いくつなんだっけ？

ええと、アイツがパーティに入って1年、2年、3年……

ああ、もう15歳になるのか……

子供子供と思ってたけど、気づかないうちに結構なお年頃になってんだな。

こんな家出みたいなことして、変な男が寄ってこなきゃいいけど……。

◇

ところで。

最近、俺もだいぶ領民から『領主』として認知されたような気がする。

いろんな村の長が定期的にご機嫌うかがいにやって来るし、裕福な者は穀物や海産物を献上してくれるようにもなった。

まあ。これはやっぱり【高札】と同時に【館】を建て始めたのがよかったんだろうな。

デカイ建物を建ててると目立つし、『あ、領主が来たんだな』ってわかりやすい。

そこらへんは五十嵐さんのアドバイスがよかったってワケだ。

「本当は小高い丘などの方がよかったのですが……」

と彼女は言うけど、そこは実用性を取ったって話だから仕方がないね。


カンカンカンカン……


ただ、さすがにまだ館そのものは出来あがらない。

ので、俺自身は『離れ』の方を仮住（かりず）まいにして生活していた。


「五十嵐さん。実家のおジイさんは元気？」

「はい」

と聞いたのは、別に世間話ではない。

「魔力に目覚めたり、してない？」

「……実家へは帰っていないのでわかりません」

「ちょっと様子をうかがいに行きたいのだけれど、ご実家へお邪魔させてもらっていいかな？」

「……」

というのは、彼女の祖父『五十嵐イサオ（62）』は、長年この土地の土に合わせて、穀物の種の掛け合わせをやってきた方なのだ。種籾（たねもみ）の管理や苗づくりのリーダーもこなすという。

ようするに、この領地の【収穫高】を左右する要（かなめ）の人物なのである。職性も【生産者】であり、さすがに才能と現行の職業は一致している。

そういう重要人物なので、俺はすでにこのイサオさんへ育成スキル【レシーバー】をマークしていたのだった。

◇

育成スキル【レシーバー】は、勇者パーティでは、最初からあまり役に立たないスキルだった。

これはひと言で言うと『経験値転送スキル』だ。

例えば、あるクエストで『俺』と『クロス』と『ティアナ』の3人でモンスターを倒したとする。

しかし、『エマ』と『デリー』と『モリエ』の3人は、風邪をひいてクエストに参加できなかった。

このとき通常、欠席した3人は経験値を獲得できない。

しかし、この【レシーバー】をそれぞれ【マーク】してさえおけば、欠席した3人へも経験値が転送される……というスキルなのだ。

このスキルがあまり活躍しなかったのは……つまり、みんなそんなに欠席なんてしなかったからである。

欠席したときでも経験値を獲得できるというのは、ちょっとしたお得感ではあるけれど、そんなの誤差の範囲だった。

単独遠征などがあれば有効に思われるかもしれないが、戦力を分散して戦うなんて余裕が出てきたのはつい最近のことで、そんな最近になるともうみんな『経験値』を重要視する段階はとっくに過ぎていたのである。


しかし、これが『領地経営』となると話は別じゃねーだろうか……と俺は見ているワケだ。

というのは、この【レシーバー】を戦闘には参加できない職業で、重要な役割を担う者へマークしておけばイイのである。

例えば、農家のイサオさんへ【レシーバー】をマークしておけば、彼自身は戦闘に加わらなくても経験値が蓄えられ、【生産者】としての能力があがっていくというワケだ。

ただし、俺がこの【レシーバー】をマークできるのは3人まで。

だって、冒険パーティを想定して身に付けたスキルだから、『そんなにたくさんマークできるように修行する意味もない』と思っていたのである。


「いやぁ。最近は腰が軽ぅてのう。よう眠れてよう眠れて」

イサオさんは見事なハゲ頭でそう言った。

「どうですか？　生産魔法が使えるようになったとか、そういうことはないですか？」

彼が【生産魔法】を覚え、品種が改良され、将来の収穫高がより安定する……というストーリーを、俺は思い浮かべているワケである。

「んー……ん？　これのことかのう」

イサオさんは枯木のような腕をぷるぷるさせながら、指先にぼんやりと青く光る輪っかを創りだしてみせた。

「それです！　それです！」

「これをなぁ。こうしていると……ほら領主様。ここを見なされ」

と言うので見ると、なんと後頭部に産毛(うぶげ)が生え始めていた。

……まあ、そのうち生産的なことにも使ってくれるようになるだろう。

◇

とりあえず、【レシーバー】枠の3つのうちひとつは、イサオさんにマークしておくことにする。

もうひとつはすでに吉岡将平にマークしてある。

そして、最後のひとつだけど……

まず、ガルシアという手を考えたけど、商人が経験値で得られるスキルって『大声出して宿屋やお店を呼び寄せる』とかだし、微妙すぎる。

五十嵐さんは有能な秘書だけど、経験値を送って【お嫁さん】のスキルを伸ばしてもなぁ。

吉岡十蔵の力は、神社やってるから顔が広いってところだし。

さしあたってガルシアにマークしてはいるけど、もうひとつの【マーク枠】を割り振るべき職性を持ったヤツを見つけるのは課題だな。

第16話　穴

「領主様。こちらお納めください」

と言って、『中村』の長者が引いてきたのは、一頭の馬だった。

「え、こんなのいただいちゃってイイの？」

「へえ。もちろんでございます」

ヒヒーン!!……

真っ黒な毛の、強そうな馬である。

「スゲーありがたいよ！　この領地はそんなに広くはないけれど、歩いて回るにはちょっと時間がかかりすぎると思ってたんだ」

「そうでございましょう」

と言う長者はニコニコ顔。

なんかいろいろとおべっかを使うなぁと思って話していると、どーやら自分の娘を俺のところへ嫁がせたいらしいというのがわかってくる。

それは丁重にお断りさせていただいたので、やはりこの馬をいただくことはできないと言ったのだけれど、

「いえいえ！　それとこれとは別でございます……どうかお納めを」

と恐縮して帰ってしまった。

申し訳ないなぁと思ったので、良さそうな男性がいたら今度ご紹介して差し上げようと思う。

ガルシアとか、どーかなぁ。


ヒヒーン!!


「おっ旦那！　イイ馬じゃねーッスか!!」

そのガルシアも、馬のことを褒めてくれた。

「これなら高く売れるっスよ」

「売らないよ。俺が乗るんだ」

「ああ、なるほど。じゃあ名前はもう決まってんスか？」

「いいや」

俺、名前とか決めるのちょー苦手なんだよねー。

「じゃあ自分に考えさせてくださいっス。ええと、『ポチ』とか？　……ボへっ!!」

馬の前脚が、ガルシアの鳩尾を抉る！

「う、ううう……。じゃあ、黒いんで『クロ』は……グへっ!!」

再び馬の攻撃。

「うーん。なにがイヤなんスかねぇ」

「犬みてーな名前だからだろ。もっと馬らしいのにしろよ」

「じゃあ、黒いから黒は付けるとして、『黒おーじ』なんかどうっス？　……ひでぶ!!」

とうとう馬は怒りに任せて後ろ脚キックを顎へ食らわせた。

そりゃそんなワケわかんねぇヘンテコな名前付けられたら、誰だって怒るだろ。

「黒、黒……」

そこで後ろから声がしたので振り返ると、スゲー真剣な顔で五十嵐さんがブツブツ言ってる。

「クロ、コク……黒王丸？」

船の名前みてーだな。

ヒヒーン♡

ところが馬は、五十嵐さんの岩石のような膝へすり寄って、嬉しそうに嘶いている。

「えー。自分のとなにが違ったんスかねー」

まあ、オスだからな。

というワケで、コイツは【黒王丸】と呼ばれるようになった。

◇

田植えが終わっても、夏は夏で田んぼというのは大変らしい。

すぐにボーボーになる草をひたすら取ったり、害虫対策をしたり。

ただ、田植えの時期などと比較すれば、繁忙期というのは一応過ぎたと言えるそうだ。

そこで、俺は『中村』を中心に、50名ばかり追加で領民を招集してみる。

新たに招集したのは、
・前衛剣士30名
・攻撃的魔法使い20名
と、ごくシンプル。

これにあらかじめ鍛えておいた25名を合わせると75名だ。


ガヤガヤ…ガヤガヤ……

でも、75名集めてみると、とりあえずそれだけでマジ大変だった。

「おい！　深追いするな!!」

と言ってもすぐどっか行っちゃうし。

「ケンカすんじゃねー!!」

と言ってもケンカするし。

そりゃそうか。

25名をまとめるのも、あんなに大変だったのだから。

それが75名ともなるとひとりひとり顔と名前を覚えてやれるキャパシティも超えてるしなぁ。

ただ、一番大変だったのは最初だけだったとも言える。

全員が戦闘力100を超えると、まあよほどの不注意がなければ大ケガすることもないし。

一方。

最初の25名は、戦闘力558、489、721……と堅調に実力を伸ばしていた。

憑依によって強化してきた武闘家チヨは、すでに戦闘力1256まで来ている。

それから、援護系魔導師の3人のうち2人がひとつずつ魔法を覚えてくれたのは嬉しい。

【テクト】……全体の防御力がほんの少しアップする（レベル1級）

【ルキ】……ひとりの攻撃力が少しアップする（レベル1級）

特に、防御系の支援魔法が【全体魔法テクト】なのはとてもありがたかった。

テクトの効力は、そりゃまあ僅(わず)かずつだけど、75名全体の防御力が上がるワケだから、スゲーお得感あるよな。

それから、俺は黒王丸に乗り始めたので、コイツの戦闘力も徐々にあがってきて今794だ。

ヒヒーン!!

さて、もうこのあたりのモンスター相手ならみんな危険はないだろう。

俺が離れると【祝福の奏(かなで)】の効力はなくなるけど、みんなにモンスター狩りさせるだけさせておいて、ちょっと出かけてこようと思う。

というのは、この『領地の西側』の全体像を把握したいと思ったのだ。

俺は、【黒王丸】に跨(また)がり、駆けていった。

パカラッ、パカラッ、パカラッ……

「やあ。ナツメさん」

「これは領主様」

まず、アイドル職性のばあさんの小屋へ到着する。

「こりゃ立派な馬ですのう」

ちなみに、領主に就いてからもばあさんの小屋へはたびたび訪ねていって、お茶など飲みつつ世間話に興じるようになっていたので、彼女はすっかり俺のガール・フレンドになっている。

「今日は足があるから、西側全体を案内してほしいんだけど」

「はあ。ええですが……いくらワシでも、馬より早く走ることはできませんで」

と言うところ、俺はナツメさんの手をつかみ、グイっと馬上へ引き上げた。

「きゃっ♡」

ふふふ。

女の声になってるぜ、ばあさん。


パカラッ、パカラッ、パカラッ……

ナツメばあさんの話によると、この領地にある3つの山は、『母山』『姉山』『妹山』と呼ばれているそうだ。で、このうち『妹山』の西か南かというので、俺たちは『領地の西側、南側』と分けて見ているワケ。

妹山の西側には弱小だがモンスターが出る。

人はほぼ住んでいない。

これは馬でぐるりと見て回っても、確かにそのとおりだ。

ナツメのばあさんがひとり『妹山』の西の麓で暮らしているのは、尋常じゃない生活スキルと山テクニックがあるからで、そりゃフツーの領民はあえて西側に住もうとは思わないだろうな。

「昔は作物を育ててたってことはないの？」

「さあ。ワシが物心ついたときにゃあ、もうモンスターがおりましたでのう」

まあ、そうじゃなくてもあんまし土地が肥えてるって感じじゃないよな。

パサパサした土に岩が多い。

さらに妹山の西側を北へ行くと、『母山』にぶち当たる。この二山は尾根を交えて、これを越えると別の領地になるんだと。

その境界に行ってみると、『母山』はその名に反してゴツゴツした、緑の少ない山だった。使えそうな樹木も生えていない。

「……こんなもんか」

少しガッカリして手綱を引き、馬を翻したときだ。

母山側の岩石の合間に暗い穴がひとつ、ぽっかり空いてるのが目に入る。


ゴゴゴゴゴ……


「ナツメさん。この穴なにか知ってる？」

「ああ……それはワシも知らんです。『崩れるかもしれんで中に入ったらいかん』と親にも言われてましたで」

ってことは、かなり前から空いている穴ってことだな。

気にはなったけど、穴は確かに脆そうで、どうすることもできなかった。

◇

「エイガ様。お客様です」

造営中の館の『離れ』に帰って来ると、五十嵐さんが真っ先にそう言う。

「中でお待ちいただいているの？」

「はい」

と言うので離れに入ると、知らない男がふたり、正座して座っていた。

と、ひとりが言った。

「私は、『外村』に住んでおりまして、主に交易で食っとる者です」

「外村か。唯一『妹山』の北側にあるっていう」

「はい」

なるほど。

言葉づかいも他の村の人たちとちょっと違う。

「で、なんの用？」

「へえ。今日はこちらの御仁をご紹介したく……」

と言って、外村の男は隣の男へ手をやる。

「拙者、坂東義太郎と申す」

こりゃまたずいぶん言葉づかいも離れて……。

「どちらの方でしょう？」

「拙者、奥賀の者でござる」

奥賀？

俺が頭にハテナを浮かべていると、

「隣の領地の方です」

と、五十嵐さんが耳打ちしてくれる。

まあ……耳打ちはイイけど、唇を耳につけて言うのはよしてほしいけどね。

「で？　隣の領地の方が、わざわざ俺になんの用？」

第17話　隣の領地

「新しい遠雲の領主様は、領民を鍛え、自分たちで悶星を倒していると聞き及んでござる」

と、坂東義太郎は言った。

「よく知ってるな」

「このあたりでは噂になってござる」

「まあ。弱いのしか倒してないけどね」

「そこでお願いがござる」

「はぁ」

彼が言うにはこうだ。

奥賀の領地では【大猿】というモンスターが山で幅を利かせ、人を襲うようにもなっている。ギルドに冒険者を要請しているけれど奥賀はスカハマからもかなり遠方で、なかなか強い冒険者がやって来ない。そこで、最近『領民でモンスター退治をやっている』と噂の遠雲の力を借りられないだろうか……という話になったのだそうだ。

「なにとぞ、なにとぞ助太刀を」

「うーん。大猿かぁ……」

と、俺は頭を悩ませた。

大猿は一応初級モンスターではあるが、初級では上の方の戦闘力がある。まだ、あの75名の実力じゃあ倒せる相手ではない。

「助太刀いただければ相応のお礼は申すと、我が殿は申してござる」

「うーん。可哀想な話だとは思うけれど、俺も領民たちを無理なモンスターと戦わせるわけにはいかないからなぁ」

「そこをなんとか、でござるよ」

「まあ、どちらにせよ2、3日考えてみるからさ。返事は手紙でお知らせするよ」

「かたじけのうござる」

坂東義太郎は帰った。


そのあと、まずガルシアの意見を聞いてみる。

「奥賀とは懇意にしておいた方がイイっスよ」

「へえ。なにか売りがあんの？」

「あそこは造船が強いんス」

「……なるほど」

船。重要だ。

とりわけ、この先ギルドに登録して、クエストをこなしに行くには船がなければ話にならない。

「じゃあ、本当は今すぐにでも行くべきなんだろうけど……残念ながら実力がなあ」

「キビシそーなんッスか？」

「うん。みんな頑張ってはいるんだけどな。もうちょっと『領地の西側』で力を蓄えてからじゃないと」

「どれくらいの間ッスかね？」

「大猿だと、あと半年か1年か……」

「あんまりぐずぐずしていると、他の冒険者がやってきて倒しちゃうってことないッスか？」

「あるかもな。極東には初級ながらけっこう冒険者も来ているから」

でも、実力不足の領民でそのまま行くわけにもいかないし……うーん。

「エイガ様」

そこへ五十嵐さん。

「それはエイガ様が倒してしまえばよいのでは？」

「は？」

「ですから。その大猿はエイガ様が倒してしまえばいいのです」

「キミねぇ。そんなことできるわけ……ん？　……あるな」

そう。

いくら勇者パーティ最弱の俺でも、中級の実力くらいはあるのだ。

大猿くらいなら俺ひとりでも倒せる。

領民を育成して強くすることばかり考えていたから、『自分が戦う』という概念をケロっと忘れていたぜ。

「そうでしょう」

そう言って詰め寄る五十嵐さんの通った鼻が、俺のほっぺに軽くぶつかる。

……なんか最近この人のこういうところに少し慣らされ始めてる自分が怖い。

「あ……ああ。でも。大猿は一応ボス扱いだから『経験値ボーナス』があるんだよな。俺が倒しちゃうとボーナスは俺が獲得することになっちゃうから、できれば領民に倒させたいんだけど」

それに……。

この先、俺だっていつまでも領民たちより強いってワケにもいかねーだろうしな。むしろ領民全体で俺よりずっと強くなってもらわなくっちゃ困るのだし。

「でも、今回は旦那が倒すでイイんじゃねーっスか？　船のこともあるし、今あるものは最大限に活用した方がイイっスよ」

「うーん」

ガルシアの言うことも、もっともか。

「五十嵐さん。奥賀の領主様へお手紙をお願い。近日中に助けに行くよーってさ」

「はい」

そう言うと五十嵐さんは姿勢を正してポニー・テールを結び直し、タイト・スカートの膝の前へくすんだ紙を広げた。

インクのような黒い液体を、木の柄の先に植えられた細い毛に付けて、『～候（そうろう）』などと書かれていく文字を、俺はまったく理解できないし、いつか書けるようになるとも思えない。


なにはともあれ。

これで初の遠征が決定したわけだ。

まあ、隣の領地だけどね。

◇

大猿は一応ボスなので【中猿】という子分をたくさん率いているものである。

75名には今回この中猿を狩ってもらうことにした。

実戦経験にもなるしね。


ガヤガヤガヤ……


まあ、あんまり統率も取れてねーけどな。

みんな初めての遠征というので気持ちがハイになっていやがるのだ。

冒険に関係のないモノは持ってくるなと言っても雑誌は持ってくるし、おやつの制限をかければ屁理屈を言ってケタケタ笑うガキもいる。

てめーら領主様をナメんじゃねーぞ！　……と怒鳴り散らしてやりたい気持ちは山々だけど、そんなふうに威嚇して言うことを聞かせても、それじゃあ長期的に見るときっと強くはならないからなぁ。だいたい、『あの人が怖いから言うこと聞く』で本当に強くなったヤツなんて見たことねーし。まあ、怒鳴るのが必要な場面というのも時にはあるけど、普段はなるべくビビらせすぎないように言うことを聞かせなくっちゃいけない。

ガヤガヤガヤ……

でも、こんなんでよそ様に迷惑をかけないものかと心配にはなるなぁ。

ただでさえ蒸し暑いのに、マジ参るぜ。


さて、俺は黒王丸に跨がり、75名とガルシアと五十嵐さんを率いて谷を越えてゆく。

妹山の北『外村』に着くと、坂東義太郎が迎えに来てくれていた。

「エイガ殿！　かたじけのうござる」

「さぁ。我（わ）が領地は、こちらにござる」

坂東義太郎は、黒王丸の脇（わき）へサッと付き、俊敏な動きで手綱を引き始める。

この暑さに汗ひとつかいていない。

その姿を見て、俺はちょっと彼に興味が湧（わ）いた。

派手ではないが清潔そうな着物、目の覚めるような黒い長髪に、若々しい歯、変わった形の刃物の鞘（さや）を大小二本腰にぶらさげ、軽妙な調子で馬を引く姿は並みの感じがしない。

「坂東くん。キミ今いくつ？」

「19にござる」

「奥賀ではどんなポジションについているの？」

「拙者、奥賀ではサムライ大将を務めてござるよ」

これもよくわからないけど『大将』が付いてるので、それなりのポジションなのだろう。

まあ、よその領地の人のことだから、そこまで詳しく知る必要もないとは思うけどね。

◇

奥賀の領地は人口5万。位置は遠雲の北東。土地も広いし、産業は発達していて、造船に限らず遠雲とは比べものにならないくらい栄えている。

「よくぞいらっしゃった。エイガ殿」

しかし、奥賀の領主は、俺のような20分の1の規模の領主に対しても威張ることのない、感じのよい人だった。

「それにしても、すばらしいお城ですね」

と褒めてみると、「ほっほっほ」と嬉しそうに扇をあおぐ奥賀領主。

じっさい、ここの城は男心をくすぐる感動的なものだった。少し独特だけど、石と、木と、土を緻密に組み合わせた、壮麗華美で、しかも『実戦的』な建造様式である。

これを見物できたというだけでも、ここまできた甲斐があるというもの。

しかし……

「ん？　なんですかな」

そのヘアー・スタイルだけは、ちょっと理解できないぜ。

奥賀の領主は、頭の前面を剃って頭頂部に束ねた髪をぴょろっと立てるという奇抜な髪型をしていたのだ……。

コレ、よかれと思ってやってるんだろうか?

でもイイ人ではあったんだぜ。マジで。

さて、大猿を倒したあかつきにはこうした褒賞を……という話は、ガルシアと五十嵐さんに任せてある。あちらの財務の人とガルシアが交渉をして、五十嵐さんが契約書類を作成する手はずになっていた。

一方。

俺は別の部屋へ案内され、変なヘアー・スタイルの領主からの歓待を受けていた。

食事と酒でもてなされ、いろいろな話をする。

「ほっほっほ。あっぱれ、あっぱれ。エイガ殿の話は面白(おもしろ)いな」

この領主は、特に『育成スキル』の話を熱心に聞きたがり、面白がってくれた。

帝都の大臣にせよ、この領主にせよ、地位の高い人は『育成』というワードにより関心があるのかもな。

「今日は城に泊まっていきなさい」

と言うので、お言葉に甘えさせていただくことにする。

彼は、城の最上階の部屋に俺を泊めてくれた。

この部屋は小さいけれど、奥賀の地を一望できるスゲー部屋である。

「すごい見晴らしですね！」

とりわけ、海沿いの『ドック』に建造中の船がずらりと並ぶ姿は圧巻だ。

造船に強いというガルシアの言（げん）は間違っていないようだな。

「……」

ただ、そのどれもが木船で、帆船（はんせん）のようであった。

「汽船は造ってないんですか？」

「うむ。造りたいとは思うが、我が地には魔鉱石がないでの」

魔鉱石。

魔力の宿る鉱石で、魔動列車や汽船の動力とされている石である。

「なるほど」

これだけの造船技術があるのに、少しもったいない気はした。

◇

次の日。俺はさっそく75名を引き連れて【大猿】のナワバリである『姉山』の奥へ向かった。

ザッザッザッザ……


ところで。

今回、あらためて確信したのは武闘家のふんどし娘チヨの存在のデカさである。

彼女がいたからこそ、75名分の回復薬や食料を運び、遠くまでやってくることができたのだ。今日も、ナワバリまで万全な状態でやってくることができたのは、この輸送能力のおかげだった。

「よし！　これから戦闘になるぞ‼」

俺は馬上でそう叫んだ。

「先に言ったとおり、大猿が出ても戦うんじゃない。俺に知らせろ。でも、中猿ならどんどん倒してイイからな！」


キイイイ‼

しかし、俺のそんな大声に先に反応したのは、モンスターたちの方だった。

バサバサバサ……


次々と木の上から躍りかかってくる。

どれも成人男性の2倍程度の大きさ……中猿だ。

「ひいいい‼」

「たすけてぇ！」

急な襲撃にパニック状態になる領民たち。

湿気の強い暑さに鬱屈とした汗が、一気に弾け飛ぶようなおそれようであった。

「逃げるんじゃない！　お前たちはもう中猿くらいなら倒せる実力を持っているんだぜ！」

しかし、その『逃げた』のがむしろよかったようだ。

みんな散り散りに広がって逃げて行ったので、どうやら中猿が全部で10匹ちょっとしかいないことがすぐにわかったのである。

中猿の方も、一匹一匹分散していってしまうことにもなる。

すると75名の方は、数にずいぶんと余裕のある闘いだということもわかり、気持ちが前向きになったらしい。


キーン！　キーン！

ボッ‼……


37名の剣士が剣を振るい、30名の魔法使いがキラを唱える。援護系魔導士が全体の防御力を高め、射手は要所で矢を射た。

マジで。コイツらはちゃんと闘えばこれくらいはもうできるのだ。もう中猿は彼らに任せておいて大丈夫だろう。

さて、今回はボスの【大猿】を俺が倒さなければならなかったのだった。

勇者パーティにいたときに『ボス戦で俺が頼り』だなんてクエスト、ずいぶん昔のことだったなぁ……。

いやいや、いけない。よけいなことを考えているときじゃない。


ヒヒーン！

俺は黒王丸を翻し、崖へと走った。

パカラッ、パカラッ、パカラッ……

大猿はどこだ？

そう高台から見下ろすと、領民たちが中猿たちと闘っている全体が見渡せる。

おお！　やってる、やってる！　特に、武闘家チヨの活躍がめざましい。


ボフっ！　ビシ！……


娘の躍る拳に、跳ね上がる膝。

それにしても育成スキル【憑依】で重点的に鍛えていると、憑依していないときでもまるでその人が自分であるかのように思われるときがある。

チヨのふんどしの尻筋や、琥珀色の肢体、土にまみれる素足が、まるで『俺』であるかのような錯覚……。

でも、それはあくまで錯覚だった。

そういえば。

俺は遠雲に来て、それがあんまりに綺麗（きれい）だったから、俺自身もその綺麗な輝きの一部になれると知らず知らずのうちに錯覚していた気がする。

堤防を作る領民。

木を運ぶチヨ。

そういう煌（きら）めいて、言葉の世界が素朴で、土とともに恋をするような人々の一部に、俺もなれるような気がしてた。

でも、そーはなれねーんだなって、チヨを知れば知るほどわかってきた。

俺はもう『複雑な言葉の世界』に生きてるし、言葉にしてしまったものはもう後戻（あともど）りはできないのである。

だから俺は、土とともに恋することはできないし、土地の人間組織に埋め込まれることもできない。

俺ができるのは、領民たちの煌（きら）めきを一歩引いたところから眺めることだけだった。

そして、悪くない方向へ統治（コントロール）するというやり方でだけ、俺は彼らと接触することを許される。

まあ、それが【領主】ってもんなんだろーな。

ビシ!!……

遠くで中猿へ蹴りを喰らわせたばかりのチヨが俺の姿に気づいたようで、健康的な小麦色の頬を笑顔に咲かせた。

太陽と親しみのある、美しい頬……。

俺は、自分の返す微笑みに寂しさが映っていないか心配だった。

◇

ガウウウウ……

さて。尋常じゃない唸り声が聞こえて振り向くと【大猿】が俺の後ろに立ちはだかっていた。

成人男性5人分のサイズ。

獰猛な牙。

赤い瞳。

馬上の俺はフーッと息を吐くと【銅の剣】を高く振りかざした!

第18話　戦果

ヒヒーン！

俺は剣で【大猿】をけん制しつつ、まずは黒王丸を逃がしとこうと思った。

この馬はまだ戦闘力794だしね。

グオオオオ……

しかし、大猿はむしろ馬の方を追おうとする。

なんでだよ！

そう苛立って、俺は敵の進路を塞ごうと飛び出していった。

「黒王丸!!」

だが、その時。

カッ!!

大猿の大口が光ったかと思えば、そこから唐突に魔力エネルギーの塊が放出される。

避け……っ……ダメだ。避けたら黒王丸に当たる。


ぼクぅぅぅっ‼……


そうこう考えていると、大猿の魔法エネルギー砲が、俺の左肩に命中した。

「うっ‼……」

肩肉に、焼かれるような痛みが走る。

くそ……。俺は弱えなぁ。

と、少し気が滅入った。

クロスなら絶対にもっとうまくやる。

いや。

今さら大猿相手にダメージを喰うヤツなんて、あの勇者パーティにひとりもいねーよな。

「……キラドン」

俺はため息をついて、初級モンスター相手に中級攻撃魔法を唱えた。

大猿は今まで中級攻撃魔法なんて見たことがなかったのだろう。その火力に、赤い瞳をおそれおののかせ、直撃を喰らってしまう。

グオオオ……


炎に悶（もだ）え苦しむ大猿。ただ、初級とは言えボスなのでタフだ。

まだ立っていやがった。

俺はとどめに、ヤツの弱点――眉間へ向かって剣を一閃する。


ピシュ!!……


「すまねーな」

そうつぶやくと【大猿】は光輝く魔力の塊（かたまり）となって、山の空へと霧散していった。

◇

俺が大猿を倒す頃には、中猿たちの討伐もあらかた済んでいた。

ボス討伐の『ボーナス』は俺に降り注いでしまうのだけど（そして、俺自身には祝福の奏（かなで）の効力はないのだけれど）、通常の経験値は75名みんなに降り注ぐ。

また、中猿の経験値も『領地の西側』のモンスターより経験値が高いし【祝福の奏（かなで）】で2倍化されているのでバカにならない。

武闘家娘のチヨは戦闘力１５６８に達していたし、選抜25名を中心に続々と戦闘力１０００を超え始めていた。

みんなが新たに覚えてくれた『魔法』について。

まず、まだひとつも魔法を覚えていなかった攻撃系の魔法使いも、この闘いで【キラ】や【ヨルド】を覚えた者も多い。

また、支援系魔導士のひとりが、全体攻撃支援魔法【チアー】を覚えてくれた。

それから、実戦的なところを見ると『射手』の可能性が見て取れた闘いでもあった。

射手は、山で実際に狩りをしていたおじさんと、海女をしていた少女のコンビである。

ふたりとも今回は『弓』と、おじさんの方は時にマスケット銃のような一発籠めの銃を使用していた。

射手の攻撃力そのものは決して高くはないけれど、その『的確な援護射撃』が前衛剣士たちの闘いをずいぶんと楽にしていたように見える。

そして、弓や銃は、今のところ他の魔法攻撃よりも射程が長いのだ。

「船のことなんスけど」

と帰り道でガルシアからの説明を受ける。

「50人乗りの船3隻を用意してくれることになったッス。最初は乗組員も合わせて派遣してくれるらしいっスよ」

「いいじゃん！　よくやった」

「でも……今すぐってワケにはいかないみたいっスね。早くても数ヵ月は無理みたいッス」

「向こうも注文があるだろうからな……。まあ、ちょうどいいさ。夏が終われば収穫の準備だし、どっちみちしばらく遠征なんて無理だ。闘いだけじゃなくて領地にはやることはたくさんあるしな」

「そっスねー」

そう。

やることはたくさんあった。

この時、俺が思っていた以上に……。

領地に帰って来ると、変化がふたつあった。
ひとつは、とうとう俺の館が完成したということだ！
「おー！　すげーイイじゃん!!」
「へへへ、ありがとうごぜえます」

褒めてやると、大工の棟梁が頭をかく。

それにしても館の本館にはいろいろと注文を付けてしまったものだ。

というのは、そもそも極東の建築様式は、基本的に靴を脱ぐようにできている。

それはそれで、帝都の宮殿や、奥賀の城のようにすばらしいものはあるのだけれど、普段自分が暮らすところがそれだとちょっと気疲れがすると思ったのだった。

まあ、それはしょうがないというか当たり前のことである。

慣れてない生活様式なんだからな。

だから、俺の館の本館は、靴であがり、絨毯を敷き、テーブルと椅子を置いて、寝室にはベッドを置く……という子供の時から慣れた様式にしたかった。

で、そこらへん事細かに説明し、そのようにお願いしておいたのだ。

そんな困難な注文に大工の棟梁は見事に応えてくれた。

天井は高く、2階建てで、玄関には吹き抜けのスペースがある。

まだ家具などが足りないけれど、これでシャンデリアをかけ、テーブルをしつらえ、ベッドを置けば、ずいぶん『領主様』らしい館になるだろう。

さしあたって、マリンレーベルで買っておいたティー・セットや食器、香料などがようやく役に立つというもの。

さらには、川の水から配管し【風呂】や【シャワー】まで作ってもらったので、南の海を眼前に、湯に浸かりながらオーシャン・ヴューを楽しむことすらできた。

ただ……

「ちょっと広すぎたかな」

「そのようなことはありません」

と五十嵐さんは言うけれど、このガラガラ感。

こんなに広いのに、館に住んでいるのは『俺』と『ガルシア』と『五十嵐さん』だけなのだから、部屋があまって仕方なく、新築なのにオバケでもでるんじゃないかとすら思われる。

うん。

もうちょっと人を増やしたいね。

そしてもうひとつの変化は、五十嵐さんのご実家の様子だ。

ふさぁ……

なんとイサオさんの髪がフサフサしているのである！

(まあ、さすがに後頭部を中心にではあるけれど)

これは育成スキル【レシーバー】の効力によって、大猿戦で獲得した経験値がちゃんとイサオさんへ転送された証拠だ。

「領主様。最近気づいたのですがのう……」

そして、フサってきた後頭部に心の余裕ができたからであろうか。

「この力……作物の種を掛け合わせるのにも使えるかもしれんですの」

と、ようやくそこに気づいてくれたのだった。やれやれ。

◇

育成スキル【レシーバー】をマークしていたのは、イサオさんと一応のガルシア、そして吉岡将平だった。

俺はその将平を連れて『領地の西側』の北側『母山』へ行く。

と言うのは、先日ナツメのばあさんと行った【穴】が気になっていたからだ。

吉岡将平の『地鎮（じちん）』の能力を持ってすれば、あの穴についてもなにかわかるのではないかと思ったのである。

しかし……

「この穴を調べることはできない」

と彼は言う。

「工事してもダメか？」

「工事によって崩れるリスクがある。崩すことを前提に工事することもできるが、もしこの穴の目的が遺跡や化石の発掘などだったらおジャンですね」

というワケで、【穴】についてはやはり判然としないようだった。

だが、大猿討伐の経験値転送によって、吉岡将平の能力があがっているらしいことは確かめられた。

「し、しかし領主様……今日のところはここを早く出ましょう」

と言うのも、彼の潜在職性は【霊能力者】なのである。

「もしかして……いっ……いるのか？」

「……はい」

真っ青な顔。

俺はそーゆーの全然わからないのだが、将平の顔色でなんだか怖くなってきて、あわてて黒王丸に跨り帰ったのだった。

パカラッ！　パカラッ！　パカラッ！……

さて、将平と別れ、館に帰ると、玄関口に五十嵐さんが待ち構えていた。

「どーしたの？」

「……お客様です」

「領地の人？」

「よその方です」

彼女がそう言うので、俺は急いで館に入る。

ドタドタドタ……

客間へ行くと、すぐに金髪ボブ・ヘアーの後ろ姿が目に入った。

極東の人間じゃあないのか……。

「すみません。お待たせしました」

怪訝に思いながらも、そう後ろから声をかける俺。

「えっ……わぁ!!」

すると、客は薄いスカートを翻して、勢いよくこちらへ駆け寄ってくるのでビビった。

「エイガ・ジャニエスさん？　本物？」

夏だからだろうか。

なんだかすげー熱量のある感じの女性だ。碧の瞳がキラキラ潑剌として、ジっと熱い視線を送ってくる。

「い……以前どこかでお会いしましたか？」

と狼狽える俺だが、見覚えがない。

「いいえ！　初めてお会いします！」

「ですよねー」

「でも、アタシの方ではずっと以前から存じあげております！　元・【奇跡の5人】の幻の六人目、エイガ・ジャニエスさんですよね！」

「そ、そうですケド」

「このたび、ここの【領主】におなりになった」

「ええ」

「ふふふっ。そして、今は領民を鍛えてモンスターを倒し始めているという。それでとうとう【大猿】まで倒しちゃったんですよね？」

「それはまったくそのとおりなんだけど……貴女、なんで俺にそんな詳しいんだ？」

「あっ！……」

女性は今までマシンガンのように喋っていたかと思えば、急に口に手をあてて一時停止してしまった。

なんかあわただしいヤツだな。

「ごめんなさい。申し遅れました。私こういうものです」

で、彼女は金髪を耳にかけながら1枚名刺を差し出すのである。

俺は受けとり、それへ目を落とすとこうあった。

隔月誌【冒険王】編集部　アクア・クリスティア

「デリーくーん！　キャー！！！」

「キャー！　こっち向いて‼」

「デリー♡　デリくーんー♡♡」


ああ、本当に困るな……

こういう女の人たちの声を聞くと、顔が熱くなってますますなにも言えなくなる。

「デリー。手くらい振ってあげたらどーですかぁ」

目の前で、エマの綺麗な栗毛がぴょこんとゆれた。

「デリーのこういう人気って大事にしなきゃダメですよぉ。あの子たちがああして騒いでくれるから新聞や【冒険王】での注目度が上がる。冒険王での注目度が上がれば、ギルドからの注目度も上がる。ギルドからの注目度が上がれば、より上級のクエストを割り振ってもらえる……。冒険者の世の中って、そーゆーふうにできてるのがゲンジツなんですからぁ（笑）」

それはそうかもしれないけど……。

「はぁ……また辛気くさい顔して。よーするにー！　あーゆー子たちは『応援してくれてるんだ』って考えればイイんですよぉ」

　エマ……。

　そうか。そうかもしれないな。

「まあ、でも。モリエがいなくなっちゃったんでぇ。どっちにしろ、もう【魔王級】のクエストなんて割り振ってくれないでしょーけどねーｗｗアタシたち、せっかくザハルベルトに来たのにマジ意味ないですよねー。ははは、ちょーウケる（笑）」

　そんなにしょげないで。

　そのうちイイ風も吹くよ。

「まあ、せっかくクエストがないんですから、帰って創作活動でもしましょーかねぇ♪」

　エマはそんなふうにカラ元気を出して、宿へ向かった。

　ずおおおおん……

　それにしても、こんな5階だての宿なんてここへ来る前まで見たことがなかったな。

　もっとも。

　宿だけではなく、この街では5階、6階の建物なんてザラ。

　一番高いビルヂングはなんと12階もあるそうだ。

　道には馬車がガンガン走り、無数の魔力灯（ネオン）が瞬（またた）く。

さすがは冒険者ギルドの総本山が置かれる世界一の大都会ザハルベルトだ。

「なにしてるんですか。行きますよ、デリー」

オレはそう言うエマのあとに続いて宿のエントランスへ足を踏み入れた。

が、そのとき。


カシャ！　カシャ！


「奇跡の5人のエマさんとデリーさんですね！」

「モリエの不在についてひと言お願いします!!」

「勇者クロスとティアナの熱愛報道について真相は？」

玄関口に待ち構えていた記者たちが、オレたちに向かって押し寄せる。

黄色い声の100倍苦手なのは、この手の人種だ。オレも嫌いだし、エマはもっと毛嫌いしている。

でも、ティアナさんが、

『記者の人たちを怒らせてはダメよ。黙って、相手にしなければそれでいいの』

と言うから、オレたちはそのとおりにしていた。

確かに。

ただでさえモリエがいなくなって炎上しているのに、これ以上マスコミからの印象が悪くなれば、ギルドから割り振られるクエストの級(クラス)はさらに落ちるだろうからな。

「デリーさん！　モリエの不在と、クロス、ティアナの熱愛報道について！」

しつこいな……って、あれ？

エマがいない。エマ……。どこ行っちゃったんだよ。

「どけ」

と、オレは詰め寄せてくる記者たちの肩をぐいと押しのけた。

◇

部屋に戻っても、やっぱりエマはいなかった。

宿に入ったところまでは一緒だったのだから、この建物のどこかにはいるはずだ。

そう思って各階、ロビー、トイレなど探して、最後に宿のラウンジへ行った。


カラン……


そのテーブル席で、金髪の三つ編みがしょんぼりとしなだれているのが見える。

「はぁ……」

あ、ティアナさんだ。エマがどこへ行ったか知ってるかな？

と、オレが足を進めようとしたときだ。

ガシ……

誰かが腕をつかむ。

「デリー」

あ、エマ♪

「しっ！　隠れてください」

高くはないが可愛らしい鼻先に、人差し指を1本立てて腕を引くエマ。

「よお、ティアナ」

するとクロスさんがラウンジへ入って行くのが見える。

間一髪。

危うくあのふたりの間に出て行ってしまうところだった。

ありがとうエマ。

「イイから！　もっとこっち来て隠れていてください！」

うん。


さて、ティアナさんはクロスさんに気づくと、テーブルに置いてあった赤い眼鏡をスっとかけて、あわてたように姿勢を正した。

「クロス。お疲れさま」

「ああ、そっちも。で、どうだった？　ギルドは」

「……ダメね。通常のクエストなら割り振ってもらえそうだけど、やっぱり【魔王級】は無理みたい」

「そうか……」

クロスさんはテーブルへ雑誌を放ると、ティアナさんの向かいのソファに座る。

「こっちも見てみろよ。今月の【冒険王】でも9位だった……。あれから何回も通常クエストをこなしているのにな」


魔王は、常に世界で7体までしか指定されない。

だから冒険者として【魔王級】のクエストを割り振ってもらおうとすると、9位ではやはり難しいのだ。

これ以上に行くためには、やはり『奇跡の5人』と呼ばれるメンバーがそろっている必要がある。

特にモリエは冒険評論家たちがこぞって論評し合う『注目株』だ。

なにせあの歳で、6つの攻撃魔法属性のうちすでに2つも【最高レベル5】の魔法を使いこなせるのだから。

あの娘がいないということは、期待されていただけに評論家たちの『落胆』もはげしく、このパーティの評価そのものを実際以上に渋いものにしていた。

まあ……このあいだの【冒険王】で言われてた、《攻撃的ウィザードのモリエがいないと、どうしても全体攻撃に薄い印象》というのは本当のことで、悔しいところではあるのだけど。

前衛剣士のオレは単体物理攻撃が主だし、勇者のクロスさんだって対ボス仕様のスキルを中心に攻撃力を伸ばしているわけだからさ。


カラン……

テーブルのクロスさんは注文していたモスコミュールが届くとひと口だけ含み、こう言った。

「やっぱりアイツをヤメさせちまったのが良くなかったのかもな」

「っ……その話はヤメて」

「でも……」

「あの人がもうこのパーティの冒険についてこられないことは間違いのない事実よ。それはあなたのせいじゃないし、エイガのせいでもないのだわ。仕方のない……仕方のないことなのよ」

「……そうだな」

「もう、楽しいだけでやっていける時は終わったの」

「……」

そこでクロスさんはグラスに残ったお酒をグイっと飲み切った。

「なあ、ティアナ。ずっと前から言ってること……考えてくれたか？」

「ずっと前から言ってること？」

「オレと、正式に付き合ってくれって話」

薄いベージュのカットソーに映るティアナさんの肩の骨が、それでとうとう崩れていってしまうのではないかと錯覚された。

「い、今は……考えられないわ」

「ティアナ……」

「わ、私たち！　今は冒険のことを最優先に考えるべきだと思うの。とても大事な時期でしょう？」

「……うん」

「モリエのこともあるし」

「わかってる。ここが堪えどころだよな」

「ごめんなさい……」

「……じゃあ、もう寝るよ」

「ええ。おやすみなさい」

そう言うと、クロスさんは席を立った。

「……」

ティアナさんはひとり残り、スプーンでミルクティーを混ぜていた。

「やれやれ……」

と、隣のエマがつぶやく。

「本当にクロス先輩って頭からっぽですよねー。あれ、エイガ先輩とティアナ先輩が付き合ってたって気づいてないんですから」

え、そうなの？

「そーですよぉ。だからティアナ先輩もなんとも言えないっていう。ちょーウケる（笑）」

エマ……。

「ティアナ先輩もここまで来たらクロス先輩と付き合っちゃえばイイんですよぉ。クロス先輩だってカッコイイんだしー、女の人は二番目に好きな人と一緒にいた方が幸せになれるって言いますしー」

そんなわけないだろ。

一番好きな人と一緒にいられるのが一番幸せに決まってる。

「っ……。それなら腕にしがみついてでも一緒について行けばよかったんじゃないですかぁ」

エイガさんが連れて行くわけないじゃないか。

そもそもエイガさんがティアナさんと別れたのって、『もうすぐ自分はパーティにいられなくなる』ってわかってたからだろ。

このままじゃティアナさんも、エイガさんと一緒にパーティを抜けるって言い出すに決まってたから……。

「そーですよぉ。でも、それだってティアナ先輩、全然わかってないじゃないですか。だから退職金とか言っちゃって……あれ、領地に連れてってもらうの期待してたんでしょ。そんなんじゃエイガ先輩バカだから、連れてってくれるワケないのにー。ほんとバカなツンデレ先輩」

はぁ……。

それをエマが言うなよ。

自分こそ、それでエイガさんのこと大好きなクセにさ……。

《第4章》掘削者

第19話　女編集者

コポコポコポ……

館(やかた)にメイドもいないし、五十嵐(いがらし)さんは極東のお茶しか淹(い)れられないので、主人であるはずの俺(おれ)が自らキッチンで紅茶を淹れる。

あいかわらず領主っぽくねーなぁ、俺。

まあ、人にお茶を淹れてやるのは嫌いじゃねーから別にイイんだけどさ。

「旦那、客間の女性(ひと)誰(だれ)っスか？」

そこへガルシアが入ってくる。

「冒険王の編集の人だってさ」

「へー。冒険王の編集が旦那になんの用なんスか」

「さぁ」

「勇者パーティを解雇になった感想でも聞きに来たんっスかね」

「なんの罰ゲームだよ、それ」


カタカタカタ……


盆（トレー）にティー・セットを乗せ、編集の女のところへ持ってゆく俺。

「どうぞ」

「わぁ♡」

と、また視線が痛い。

ブルーの瞳（ひとみ）が宝石のように爛（らん）と輝き、まじまじと俺の顔を直視してくる。

なんなんだ？　一体。


カチャリ……


で、テーブルへ盆（トレー）を置くやいなや。

彼女は、待ち構えていたようにボブ・ヘアーを舞わせて立ち上がると、俺の両手を両手でひしとつかんできたのだ。

「なっ！　なに？」

「私！……今この時ほどこの仕事に就いてよかったと思うことはありません！」

「は？」

「私ずっとエイガさんのファンだったんです！　ハイスクールの頃からずっと……一番好きな冒険者は『奇跡の５人』の幻の六人目エイガ・ジャニエスでした！」


ぴく……

ファン？　俺の？


「そ……そりゃ珍しいことで。女子だったら普通デリーかクロスのファンになるんじゃないか？」

「それは最近になってのことじゃないですか。私がハイスクールに通っていた頃ですから、４、５年くらい前かなあ……。とにかく、そこからずっとファンだったんです」

……４、５年前、か。

ちょっと胸が痛む。

まだ俺がクロスより強くて、ちょうどティアナがパーティに入ってきたような時期。

一番冒険が楽しくて、毎日がキラキラ色づいていた時期だ。

「でもその時期じゃ、まだあのパーティ自体がマイナーな存在だったろ？」

「あ、私。冒険者ファンは冒険者ファンでも、【中級冒険者ファン】だったんです」

中級冒険者ファン。

世の中には、あえてランキング圏外の『中級冒険者』を追っかけたり分析したりするシブイ趣味を持った者が一定数いる。

それが【中級冒険者ファン】と呼ばれる人種だ。

まあ確かに。

メジャーになってしまった上級パーティよりも、『中級の冒険者が手持ちの能力でどうクエストをやりくりするかを見て応援したい』みたいな気持ちは、（共感はしないけれど）想像はできる。

メジャーな上級パーティよりも、手が届きそうな気もするだろうしね。

しかし……

「ハイスクールのときだって？　趣味シブすぎんだろ」

「うふふっ♪　よく言われます」

編集の女は、大きくもなければ小さくもない胸をムンっと張って得意げに言った。

白のブラウスから大人びた鎖骨（さこつ）がのぞき、プリンセス・ネックレスの銀のチェーンが汗ばむ肌にピタリと貼（は）り付きぎみなのが、あたかも身体的な絶頂期を誇るようである。

ふんっ。

まあ、当時ハイスクールの女子だったたなら、たぶん逆に『嫌・ミーハー』的なアレで、無理してシブい趣味に走っていたんだとは思うケドさ。

そういう娘（こ）は、どーせ応援してた中級パーティが上級（メジャー）になると急に冷めたりするんだぜ。

「それにしても私、エイガさんの【育成スキル】って本当にすばらしいと思うんです！」

ぴくぴくっ……

「パーティに今なにが必要かを見極め、的確な才能をいち早くスカウトし、バランスよくポジション割りしてゆくマネジメント能力……。具体的かつ長期的なビジョンがなければできることではありませんよね！」

うっ……。

この編集者。名前なんだっけ？

俺は先ほどもらった彼女の名刺をチラリと見る。

「それにエイガさんの育成には、『むしろチームとして機能させることで、ひとりひとりの個性を伸ばしてゆく』みたいな思想が感じられるんですよね。それでいて、その場その場でパーティに足りないところがあれば適宜自分のオールマイティな能力で補助、補完してやるところには愛情すら感じられるというか……とにかく、そんなところが大好きなんです！」

ぴくぴくぴくっ……

こ、コイツ。けっこうわかってるじゃねーか。

「で……でで、でも……。それでけっきょく俺自身がパーティの冒険についていけなくなっちゃうんだからマジ意味ねー能力だろ」

だ、ダメだ……顔の肉が。

「なにを言っているんですか！　そもそもエイガさんがいなかったら、あの勇者パーティが『トップ10』まで上がるだなんて絶対ありえなかったでしょ！　だから一番エラいのはエイガさんなんです‼」

にぱぁ〜☆

「あれ？　旦那、もしかして嬉しいんスか？」

うっ、ガルシア。

「ち、違う！　……別に嬉しくなんかないんだぜ‼」

こんなんで喜んでたら、まるで俺が勇者パーティを解雇されて実はすげー傷ついてたみてーになるじゃん！

そんなことねーし！

俺は自分自身を客観的に見ることができるのだ。

自分のできることと、できないことくらい、他人に言われなくても把握してる！

こんな小娘にちょっと褒められたくらいで……

「そーですよ！　エイガさんがスゴイだなんて当たり前のことなんですから！」

にぱぁ〜☆　にぱぁ〜☆☆☆

「……」

そ、そんな鋭い目で見ないで、五十嵐さん。

うーうー……う、うぐぐ……。

「はぁはぁはぁはぁ……クリスティアさんだっけ？」

俺は女編集者の『褒め殺し』に息を切らしつつも、なんとか主人（公）らしいキリっとした顔を取り戻した。

「どうか名前で！　アクア、とお呼びください！」

と勢い込む女編集者。

肩で切り揃えられた金髪が勢いで凛と揺れる。

「ま、まあ落ち着いて。座ってさ。紅茶でも飲みなよ」

俺はその勢いを制するためにも、とりあえずアクアに席を勧めると、ポットの紅茶をティーカップへ注ぎ始めた。


コポコポコポコポ……


そして、いつものようにミルクを注ぎ、ミルクティーにして差し出す。

「ありがとうございます」

「で、キミが昔、俺のファンをしてくれていたことはとてもよくわかったけれど……」

「今でもファンです！」

「そ、そうか……。いや、それはイイのだけど、それで今日はどんなご用向きで？」

「あ……ごめんなさい。私、つい興奮しちゃって」

アクアはそう言って『コツン♪』と自分の頭をゲンコツするフリをする。

俺はそのしぐさの『あざとさ』をもってなんとか彼女を嫌おうとするのだが、どーしても嫌うことができない。

「実は私、趣味が高じてと申しますか……今回、初級・中級の冒険者をピックアップするコーナーを担当することになったんです。で、ちょうどそのときでした！　あの『エイガ・ジャニエス』がこんな形で冒険に帰ってきたと知ったのは！」

くそ……。いちいち大げさなもの言いをする女だな。

頬肉がニンマリしちゃうだろ！

「そ、それは俺が領民を引き連れて【大猿】を倒した……って噂を聞いたってこと？」

「ええ、そうです」

マジか。じゃあアイツらも、もう知ってんのかな。

「……それ、そんなに話題になってるのか？」

「残念ながら、まだそれほどには。でも、もっと話題になって行くと思うんです。私に取材させていただければ!!」

と言いつつメモ帳を開くアクア・クリスティア女史。

「取材か……」

俺は少し考えた。

そもそも、これから領地を単位としてギルドにクエストを割り振ってもらうためには、まず『社会的な承認』を得られなければならないだろう……とは思っていたのである。

だって、急に、

『俺の領民たちがモンスターを倒しますので、クエスト割り振ってください』

と言っても、ギルドは面食らうだけだろう。

聞いたこともない話だからな。

しかし、領地領民でモンスターを倒す俺たちのやり方が「面白いことやってんじゃん」と世の中で話題になってくれれば、ギルドも俺の領地を『一単位』として認めてくれる可能性が上がるというもの。

今はギルドもかなり世論の影響を受ける世の中なのだから。

そういう意味では、ここで小さくても【冒険王】で取り扱ってくれることは、先のためになる……か。

はぁ……やれやれ。

仕方ないな。

「いいよ。取材に応じよう」

「本当ですか！　ありがとうございます!!」

と、アクアは俺の手を握った。

◇

俺は、これまでの領民育成と育成スキル、そしてこれからのビジョンを女編集者アクアに話してやった。

すると、アクアは熱心にも「実際に領地を見せてほしい」と言うので、それでは1日では無理だろうということになり、館の一室に彼女専用の部屋を作り泊まってもらった。

次の日は黒王丸(こくおうまる)に乗せ、領地を回りながら説明してやる。

彼女は、領民による西側のモンスター駆除や、ローテーションの方針、イサオさんへのレシーバーの件など、ひとつひとつのことに感激し、俺を褒め称(たた)えてくれた。

こうしてアクアは、けっきょく領地に2泊3日していったのである。

「エイガさん！　ありがとうございました。イイ記事が書けそうです‼」

で、ようやく取材が終わる頃には、俺は自分が『世界一の大天才』になったかのような錯覚を起こしていた。

なにせ、ずっと隣(となり)の美人が俺のことを肯定し続けてくれるのだから。

気持ちがフワフワしちゃってしょうがない。

しかし――

「あ、これ。遅れましたが、先月の【冒険王】です。まだお読みでなかったら」

「お、マジで？　サンキュー」

と雑誌を受けとると、俺は反射的にランキングを確認する。

「あれ？　勇者パーティ、まだ9位なの？」

「ええ。攻撃的ウィザードのモリエが行方不明中ですからね。エイガさんを解雇しちゃった報いですよ」

「……」

——そのとき。

俺はこの2、3日で醸成された自画自賛の気分がスーっと引いて行くのを感じた。

だって、モリエが出ていったから俺を解雇すべきじゃなかったみたいな理屈は明らかにおかしいもんな。

じゃあ、もし俺をパーティに残しておいたとして、その存在意義が『モリエをパーティに在籍させておくこと』って話なら、そんな惨めなことねーだろ。

そこらへん、アクアはやっぱり客観的になりきれてない。

ファンの目が入ってんだな、と思った。

「？？　……なんですか？」

でも、彼女のような仕事も『あくまでドライに客観的でありさえすればよい』ってワケじゃないだろうし、今回、自分の青春時代にやってきたことをあらためて人から褒めてもらえたのはやっぱ

り嬉しかったので、

「いいや……。俺の領地を一生懸命取材してくれて、ありがとうな」

と、笑って見送った。


……つーか、モリエのヤツ。

まだ帰ってないのか。

もう俺があのパーティにどーこー口出しするのはどうかと思うけど、この状態が続くようなら暇を見て探しに行ってやらねーとしょうがないかもな。

◇

アクアが帰ったあと。

俺は、夏の間に領民をあと75名、新規で戦えるようにしようと考えていた。

25名×3を召集して、また少しずつ『領地の西側』で経験値を溜（た）めようと思う。

そこで俺は、あらためてその人選のため領内に馬を走らせた。


パカラッ、パカラッ、パカラッ……

今回は7つの村であまり行ったことのないところも足を運ぶ。

例えば『島村』や『谷村』、そして『山村』である。

特に『山村』は人口が32人と最小で、産業も不明だったので、今回初めて足を運んだのだけれど……

その山村で【女神の瞳】を開いた俺は、思わぬ職性の持ち主を発見することになった。

その名も【掘削者（マイナー）】である。

第20話　掘削者（マイナー）

人口32人の『山村』は、山の中にある村だ。

位置的には『妹山』と『母山』のはざまにあり、岩ばかりの荒れた土地だと言う。

で、ここへ行くときのお供（とも）には吉岡十蔵を選んだ。

基本的に馴染（なじ）みの薄い村へ行くときは、いつも彼を連れてゆくようにしているのである。

『俺がその領主だ』と言うのも、高札によって『新しい領主が着いた』ことは知らせていても、ということをわからせるのはけっこう骨が折れるのだ。

そんな時は、顔の広い吉岡十蔵から紹介してもらうのが一番手っ取り早いというワケ。


「あの村も、昔はもっと栄えていたらしいんですがね」

山道を登るとき、十蔵はそんなふうにつぶやいた。

「ワシが子供の頃くらいにはどんどん人が減っていいましたな。それでも100人はおりましたで」

「なんで減っていっちまったんだろうな」

「荒れた岩ばかりの山奥で、ロクな産業もないからでしょう」

「じゃあ、逆に。なんでそんなところに村ができて、昔は100人以上の人が住んでたんだ?」

「さあ。ワシの生まれるずっと前のことでしょうから、ようわからんです」


ザッ、ザッ、ザッ……

そんなふうに話しつつ『山村』に着いた頃には、もう陽も西へ傾いていた。

痩せた土と岩。ポツリポツリと立つ木造家屋へ黄金色の陽が降り注ぎ、世界を昔日に染めるようである。


「ところで山村には長というものがありませんで」

「そうなのか?」

「ええ。この村にはもう家族が4つしかありませんから」

「……」

十蔵の話では、4つの家族にはそれぞれ11人、4人、8人、9人がいるとのこと。

だったらもうそれぞれの家へ訪ねて行った方が早いだろうと思って、端から戸を叩いた。

「ああ、これは神主さま」

と、相手はまず吉岡十蔵の顔を見て安心する。

消滅寸前といった村の物悲しいたたずまいとは別で、内部の人間の表情は別に普通に明るいのが、なんだかとても不思議に思われた。

「やあ。こちらが新しい領主様だで、紹介しとくでな」

「ああ! あの高札の領主さま! こりゃこんな山奥にどんも」

「いえいえ」

俺はそんなふうに答えつつ【女神の瞳】を開くというワケだ。


まずは、8人の家族と、9人の家族。

それぞれ支援系と攻撃系の魔法使いの職性を持つちいさな子供がいたけれど、これは年齢的に無理そうだった。

4人の家族は、兄弟と姉弟が交差して夫婦を作り、まだ子供がいないという10代の若い家である。

この家にも前衛剣士の職性を持つ者があったけれど……彼らにはとりあえず人口を増やし村の消滅を防いでくれることを願うのみである。

トントントン……

そして、この村最大の人口11人を誇る家の戸を叩く。

「はいはーい」

玄関に出たのは30がらみの女だった。

「こちらが新しい領主様だで……」

と、例のごとく吉岡十蔵の紹介を受ける。

「ええ!? アンタが領主さま？ やぁッー♡ 思ったより若くてイイ男だぁ♡♡」

と言って俺の肩をバシバシ叩く女。

なかなかパワフルな女性(ひと)だな。

マジで軽く痛えし……。

でも彼女は、いつも西側のモンスター退治の噂(うわさ)を聞いて、とても応援してる……という旨(むね)興奮して言うので、それはありがたいことであるとひとしきり返すと、

「領主さまぁ。ウチの甲斐性(かいしょう)ナシをひとり、モンスター退治へ連れていってくれよ」

と言った。

「甲斐性ナシ？」

まだ30そこそこらしい女性に『甲斐性ナシ』とのそしりを受けるべき年齢の子供がいるとは思え

ず、怪訝に思う。

「アタシの兄なんだけど、これがちっともみんなと一緒に働かねえで、困って困って……なぁ！　アキラ!!」

と、女性は兄らしき人物を呼び捨てに呼んだ。

「……」

床に寝ころがるその無精ヒゲの男は、妹の言葉に一切反応しない。

まあ、彼女がそう言うのだから一応確認してみるか……と思い、男へ向かって【女神の瞳】を開くと、

潜在職性：　掘削者

と、冒険には関わりのなさそうな職性であった。

「エイガ様。今日のところは陽が沈んでしまいますし、この家に泊めてもらいませんか」

そこで吉岡十蔵が脇から言う。

「うーん。急いで帰ればだいじょうぶじゃないか？　俺と十蔵なんだし」

「そんなこと言わずに！　ぜひ泊まっていきなよ」

と女主人が言うので、今日はこの11人の家に泊めてもらうことになった。

◇

女主人……という言い方が適切かどうかわからないけれど、食卓を見るに、とにかくこの家で最も発言力のあるのはこの女らしい。

彼女の父親らしき50代の男がひとりいたが、彼は隠居といった体だ。

また、女主人の弟夫婦だという20代後半の男女が二組、そして「アキラ」と呼ばれる兄がひとりいたけれど、この中で女主人の権勢を凌駕しそうな者はなかった。

キャッキャキャッキャ♪

あとは誰が誰の子かよくわからない子供がワチャワチャいた。

逆に、子供たちも含め、家の中で最も立場が弱そうなのはやはりアキラである。

ちっとも働かないというが病気しているというワケでもないらしく、ひと言も会話に参加しない。

話を聞いてみると、なにやら人付き合いが極度に苦手で、村の人々と一緒に仕事ができない男なのだという。

それでもう30代半ばなのだから、当然みんなからバカにされているというワケだ。

「……」

俺は、背中を丸めて細い顎をモソモソ動かすアキラをボンヤリ見つめながらも、女主人の方へ話しかける。

「なあ。この村は思ったより裕福なんだな」

「そうかい？」

家の造りや衣服、食べるモノを見てそう思ったのだ。

「一体、どうやって生計を立てているんだ？」

「最近は、山の狩人たちとヨソの村との仲介ってとこだねえ」

まず、このあたりの山々にはどの村にも属さない狩人たちが点在しているという。

で、狩人たちは狩った獲物をこの『山村』で引き取ってもらうというのだ。

そして『山村』は、引き取った獲物を肉や毛皮に加工してから、他の村と取引をするというワケ。

「これくらいの人数が暮らしてゆくだけなら、これで食いッぱぐれることはないね」

「ふーん。なるほど……」

俺は、穀物に山菜と鶏肉の入った雑炊(ぞうすい)を匙(さじ)でつつきながら、なにか頭に引っかかっていた。

「そうだ！　この村、昔はもっと人がいたんだろ？」

「はぁ？」

「そうです。オラの子供のときには100人ほど住んどりました」

横から一番年長の50男が言った。

彼は吉岡十蔵とだいたい同じ年代だろうから、話は合致するな。

「オラの生まれる前はそれよりもっと住んどったらしいです」

「なんの産業でそれだけの人が食っていたんだ？　狩人との仲介だけで100人以上は暮らしていけないだろう」

「さあ。この村も生き残るためにいろいろやってきましたからな。これというのは特になかったような……」

「……そうか」

というところでこの話は終わった。

◇

翌朝。

キーンッ！……カチャカチャカチャ……

ふいに、鍔迫り合いのような硬質な音が耳を突き、俺はハッと目を覚ました。

なんの音だ？

床の上にじかに敷くタイプの寝具の上で眠っていた俺は、ごろんと身体の向きを変える。

すると、あの甲斐性ナシであるはずのアキラが、朝早くから出かける準備をしているのが目に入った。

大きな風呂敷で、大小のつるはしや、スコップ、『くさび』などを包んでいる。

「なんだ。彼、働きに出るんじゃないか」

「あれは違うんだよぉ」

隣で横たわる女主人が、寝返りざまに言った。

「ウチの兄、穴を掘ってばっかりなんだ」

「穴？　なんの？」

「なんのってこともないいんだよ。ただ掘ってるだけなんだ。それでメシが食えりゃいいけど、そんなはずもないいんだから」

と、ため息をつく女主人。

「……」

アキラはそんな小言が聞こえているはずだけれども反応せず、そのまま家の戸を閉めて行ってしまった。

うーん。俺はなんとなく引っかかりがあって、彼のことが気になる。

追いかけようかと思うのだけれど、

「おい。十蔵」

「ゴーゴー……」

十蔵は、いびきをかいていて全然起きない。

「悪いけど、十蔵が起きたら俺が戻るまで待ってろと伝えておいて」

「はあ……」

仕方がないのでそう女主人に伝えると、俺はひとりでアキラを追った。

◇

カチャカチャカチャ……

アキラは、工具の金属音を鳴らしながら山道を行く。

別に気づかれてもイイという前提でしている俺の杜撰（ずさん）な尾行にもまったく気づかないようだ。

「んしょ……」

しばらくすると、アキラはいかにも硬そうな岩壁の前で風呂敷包みを下ろした。

カンッ！　カンッ！

そして、彼はすぐに岩壁へ『くさび』を打ち込み、穴を掘り始めるのである。

なるほど。彼の潜在職性【掘削者（マイナー）】というのはこういう才能だよな。

ある意味、自分の才能を見事活（い）かしているというワケだ。

カーンッ！　カーンッ！　カーンッ！……

うん。実際こうして見ると、素人目（しろうとめ）にもその穴掘りは見事なものだった。

俺には詳しくわからないけれど、たぶん石の硬度とか見極めて工具を使い分けているのだろう。

ハンマーやつるはしを振る彼の背中は、まちがいなく卓越した労働者の背中である。

彼がどれほど寡黙（かもく）で人付き合いができなくても、この『穴掘り事業』だけは完結したものと言えるのかもしれなかった。

しかし……それがどんなにスゴイ能力であっても、誰からも必要とされないのであれば、女主人の言うとおりやはり『甲斐性ナシ』なのである。

そして、その『穴掘り事業』は、今のところ『山村』という単位ではまったく必要とされていないワケだ。

だから、彼には立つメンツもなければ、居場所もない。

別の適応の仕方ができればよいのかもしれないけれど、彼には他にやれることがないのだろうな。

「……」

俺はなんだかすごく悲しい気持ちで胸がいっぱいになる。

で、なぜ彼にこれほど同情（シンパシー）を感じるのかなぁと考えたとき。

そうか……と、ようやく気づいた。

つまり俺は、この男に自分と似たにおいをかいでいたのである。

そう。育成スキルがもう勇者パーティでいらなくなってしまったときの俺は、まったくアキラと同じ立場だったのだから。

「やあ！　ちょっと休まないか？」

たまらなくなった俺は、思わず後ろからアキラへ声をかけてしまった。

「な……あっ……りょっ、りょうしゅ」

アキラは俺の顔を見ると怯（おび）えるように言葉を詰まらせる。

いけない。

人付き合いが極度に苦手というのだから、接し方に気をつけなければ。

「だいじょうぶ。なんにもしないよ。ほら、タバコ吸う？」

などと笑顔でやさしく言って紙巻タバコを勧めると、最初は遠慮していたが、すぐに受け取った。

ボッ!!

俺はキラを唱え、彼のタバコへ火を付けてやる。

「お、おお……おで、おで……ヤニなんて久しぶりだぁ」

と、スパスパと吸うアキラ。

「そうか……。ほら、ちょとだけど酒もあるぜ」

内ポケットからウィスキーを出すと、彼はそれもウマそうに嗜んで、少し顔を赤くした。

「う、うめえ」

で、酒が入るとアキラの引っ込み思案は少しやわらぐようで、そこそこのコミュニケーションが成立し始める。

黙っていると無精ヒゲが尋常じゃない印象を醸すけど、話してみるとフツーのおっさんだった。

「ヒック……。お、おで、人とこんなに話すのも、久しぶりだ」

「そうか」

「おで、おで……。話すの苦手だけど、好きだな」

まあ、人付き合いの苦手な人も、フツー話すことは好きなものだから悲劇だよな……。

「と、ところで。りょ、りょ、領主さま。昨日、む、昔のこと聞いてたな」

「昔のこと? ああ。あの『山村』に100人以上が暮らしてたときのことな。ちょっと気になったんだ。そんな多くの人がここでどーやって生計を立ててたんだろーなって」

「お、おで。ひいじいさんと仲良かった。ちょっと知ってる」

「え？　マジで？」

と聞くと、アキラはすくっと立ち上がり、しかしちょっと酔った足取りで岩壁沿いを歩き始めた。

ザッザッザ……

俺は黙ってアキラについて行く。

しばらく歩くと、

「こ、ここだ」

と彼は立ち止まった。

そして、俺たちの目の前にあったのは、またまた『穴』であった。

「あっ！　これ！……」

しかし俺はハッとして目を見開く。

と言うのも、それはちょうど『領地の西』でナツメのばあさんと発見したあの『穴』と同じ形をしていたからである。

「これ、なんなんだ？」

「ひいじいさんが子供の頃。まだ鉱物が取れた。でも枯(か)れた。鉱物、取れなくなった。それで人、減った」

そうか。

そういうことだったのか。

「でも、おで。穴の掘り方、ひいじいさんから教わったんだ」

「なるほど……。で、鉱物ってなにが取れていたんだ？」

「し、知らね。名前わからね。ひいじいさんがコレくれたけど」

そう言って、アキラは風呂敷包みからひとつ、掌大の石を取り出した。

それは透明なエメラルド・グリーンに、煌めく神秘的な光輝。

魔性を帯びたクリスタル……。

「これ……【魔鉱石】じゃん！」

俺は、アキラから手渡された石を見てそう叫んだ。

第21話　モリエを探しに

「ボクは男になるんだ！」

モリエと初めて会ったとき。

アイツはまだ12歳で、そんな奇抜なことをキャンキャン言ってたっけな。

「ははっ。なんで男にならなきゃいけないの？」

と、俺は笑いながら尋ねた。

俺の地元にも、子供の頃そんなこと言ってるヤツいたな……なんて思いながら。

「だって、だって……。ボク、世界1位にならなきゃいけないんだもん!!」

「ふーん」

このとき。俺は初めて【女神の瞳】でモリエを見た。

剣士を目指しているそうだが、職性は攻撃的ウィザード。

そして……

なんと！　6つの攻撃魔法属性のすべてで、最高レベル5まで会得する可能性がある！

「あのさ……。キミが男になれるかどうかはちょっと専門外でわかんねーけど、世界1位の方には
ひょっとしたらなれるかもしれないぜ」

「……え？」

「ただし俺たちの仲間に入ったら、だけどな」

「それは……パーティに入れてくれるってこと!?」

モリエの美しい眼がパッ開いてたまごのような楕円を描いた。

「ちょっとエイガ。この子、まだ子供じゃない」

そこでティアナが俺の腕を軽く引く。

「ティアナ……。まあ聞けって。コイツの才能はこれから先、このパーティが本当に成功するため
には絶対必要になるんだ。そりゃ今すぐには役に立たないだろう。でも、それはコイツが剣士を目

指しているからで、伸ばす方向をちゃんと誘ってやればまちがいなくスゲーパワーを発揮する天才なんだよ」

「そんなにすごい子なの？」

「ああ」

「でも……もう少し成長を待ってあげられない？」

うん。ティアナが心配するのは、こんな早い時期に人生の方向性を決めてしまってイイのか……ってところだろう。

特に冒険者という道はやっぱり不安定なものだ。

才能があれば必ず成功するというものでもない。

むしろ冒険者としての才能なんて放っておいて、フツーにメシ食って学校へ行って同年代の友達を作って……という人生を歩んだ方が本当は幸せなのかもしれないしな。

「……お前が言いたいことはわかるよ。でも、育成ってさ。本当は早い時期から始めた方がイイんだぜ。10代のうちは頭も身体も柔軟だからな。ジョブ・チェンジしても変なクセはつかないし。それにこのパーティはコイツの才能を伸ばすためには最適な環境があるとも思うんだぜ。特にティアナ。お前みたいに攻撃魔法にまで支援効果を付与できる、優秀な支援系魔導士がいるんだから」

「でも……」

「もちろん、ちゃんと俺が全力で育成するし。な？　いいだろ？」

俺はこのとき、モリエの才能を見てちょっと興奮ぎみだったのかもしれない。

「……」

ティアナは唇に指をあてながら考える。

「おいティアナ」

そのとき。俺とティアナの間にクロスがヌっと出て来て左右に肩を組んだ。

「心配すんなよ。エイガがそう言うんだから、だいじょうぶだって。ティアナが仲間に入ったときもそうだったろ?」

ゆるぎない、親友からの信頼。

「クロス! ……ははは、だろ? ははは」

「もう、しょうがないわね」

俺とクロスが笑い合っていると、ティアナもようやくモリエの加入を了承してくれたのだった。

「やった! これでボクも冒険に出られるぞ! ありがとう」

モリエはちいさな身体をバンザイして喜んだ。

「ひょっとして、まだ冒険をしたことがないのか?」

「あっ……。う、うん。ボク、パーティに入れてもらったことがないから。やっぱり冒険の経験がないとダメかな?」

「気にするなって。誰だって最初は、初めてなんだからな」

俺はそう言って、そのサラサラな髪をなでてやった。

「ふふっ」

そのとき、初めて見るコイツの笑顔があんまり無邪気で、ちょっとびっくりしたのを覚えている。

……

…………

ざわざわ……ざわざわ

冒険者の集(つど)う酒場。

あれからもう3年か。

あの席で、モリエに出会ったんだったな。

カーン！……

今、その席では別の中級冒険者らしきパーティがクエストの成功を祝ってカンパイしている。

彼らには彼らの物語があるのだろうことを想像すると、ちょっと不思議な気分だ。

店全体を見渡すと、客の入りは7割といったところ。

はぁ。ここにもいないか……。

そう確認すると、俺はとりあえず注文したジン・トニックを空にしてから店をあとにした。

カランカラン♪……

外に出るともう暗い。

針のように細い三日月。

風が吹き、肌に触れると、それがあんまり乾いていて、やはり極東は湿気が多かったのだとあらためて思う。

「さすがにもう帰らねえと……か」

俺は旅行カバンをかつぎ直して、そうつぶやいた。

◇

モリエを探しに遠雲(とくも)の領地をあとにしたのは、暑さもだいぶやわらぎ、いよいよ収穫も迫るという時節であった。

さすがにこの時期は『領地の西側』でのモンスター狩りはお休みにする。

そこで、俺自身も『秋の祭までに帰って来る』という話で、ガルシアと五十嵐さんに留守を預かってもらっているというワケだ。

だけど、世界ってヤツは広い。

かつて一緒に冒険した場所など回れるだけ回ったけれど、やはりモリエを見つけることはできなかった。

秋の祭りに遅れてしまうのは世話になってる吉岡親子に悪いので、俺はモリエ捜索にきりをつけて、まず港町マリンレーベルへ向かった。

船を乗り継ぐときに、『そう言えば館の家具や調度品が不足しているんだった』と思い出して、俺は道具屋へ向かう。

この旅で、すでに200万ボンドを使っていたので1200万あった銀行預金は1000万に目減りしている。

さらにここで、椅子やデスク、ベッドや燭台、シャンデリア、こまごまとした雑貨などを注文し、輸送もお願いすると、しめて600万ボンドにのぼった。

「っ……」

小切手を切ると、銀行預金は残り400万ボンドということになる。

その他に手元に両が300万あるけれど、とうとう俺の資産は1000万を切ったワケだ。

なんだか心理的にダメージだったけど……まあ、仕方ない。

家具は必要なものなんだからな。


さて、船の時間も近づいていたが最後に本屋へ立ち寄ってみる。

すると、たまたま今日は冒険王の発売日であった。

俺は冒険王を3冊と新聞をいくつか購入して、急ぎ船へ乗る。

ボー……

「さてと」

船が出ると、俺は腰を落ち着け、さっそく冒険王を捲った。

《エイガ・ジャニエス、再始動⁉》

すると、たまたま偶然、この号にはアクアの記事が掲載されていたのである。

《奇跡の5人を勇退したあのエイガ・ジャニエスが、とんでもないものを育成し始めている。それは領地だ。この新しい試みには無限の可能性が秘められていて、すでにエイガ氏の育成スキルがいかんなく発揮され……》

というような書き出しで、例の大げさな口調を彷彿とさせるような書きぶりが続く。

まあ。別に全然嬉しくなんかないのだけれど、アクアが一生懸命取材をしてくれたことは確かだし、義理もあるのだから、一応目を通しておく。

ボー……

すると不思議なことに、4泊5日ある船行があっという間に済んでしまった。

おかしいな。ほんの236回しか読み返していないのに。

スカハマに着いた俺は、今度は回船を待たなければならない。

俺は埠頭に降りるとタバコへ火を付け、そう言えば新聞も買っていたのだっけと思い返して広げる。

《クロス、ティアナ熱愛……か⁉》

するとそんな見出しがチラリと見えて、俺はその新聞をグシャグシャ丸めるとクズカゴへ捨てた。

くそったれが！

アイツらが付き合ってるとか、そんなこと新聞に書いてどーすんだっていうんだ。

冒険にちっとも関係ないことじゃないか。

有名人だからって、人の恋愛を噂（ウワサ）の物種にしてイイだなんて法はねーだろうによ！

「っ……」

……それにしても、アイツらが付き合ってゆくのも大変だよな。

そりゃどうしたって注目する、か。

ぐぅ……

むしゃくしゃしたらなんだか腹が減って、俺はスカハマの街へ繰り出した。

「あら、エイガはんやおまへんか」

すると、道すがら黄鶴楼の女将（おかみ）さんに声をかけられる。

「う、女将さん……」

「あれからちっともおこしにならへんで。うちの若い子らも寂（さび）しがってますえ」

「……よ、よしてくれよ」

と、彼女の艶（あで）やかな袖（そで）をパシっと払う。

「あら、寂しそうな顔してますなぁ」

「別に……」

「一泊くらい、していかはったら？」

俺はなんだかもう逆らう気も起きなくて、フラフラと女将さんの手に引かれていった。

◇

黄鶴楼に一泊の後。

回船に乗り、無事に遠雲の地へ帰る。

館へ着くと、ガルシアが大騒ぎでやって来るから、ちょとウザイ。

「旦那！　旦那！」

「これ！　見てくださいっス‼」

「なにこれ」

「なにって、冒険王じゃないっスか！　旦那が留守の間、アクアさんが送ってきてくれたんスよ。ほら！　ここに！」

「へー……あっ。領地のこと、書いてあるね」

「あれ？　ちゃんと読まないんっスか？」

「あとで読むから、そのへんに置いておけよ」

「……けっこう旦那ってドライなんっスね。アクアさん、あんなに一生懸命取材してくれたのに」

「わかってるよ。だけど、しばらく留守にしていたからな。領地のことが気になるから、すぐに出かけたいんだ。お前にも着いて来てほしいから、準備してくれよ」

「なるほどっス。了解っス」

そう言いつつ腑に落ちない様子で首をかしげ、着替えに行くガルシア。

「ふー。やれやれ。俺も着替えを……」

と振り向くと、旅行カバンの中に入れていたはずの3冊の冒険王を、五十嵐さんが丁寧に本棚へしまっているところだった。

「い、五十嵐さん」

「はい。なにか」

「いや……。そっちのヤツ保存用だから別にしといて」

「はい」

いつもどおりの彼女の鋭い目が、なんだかかえって寛容に見えた。

第22話　帰国後の領地

「よし、行こうぜ」

俺は館を出ると、黒王丸を引きつつガルシアに言った。

「旦那ぁ。自分も黒王丸に乗せてくださいっス」

ヒヒーン!!……

「うーん……。俺も乗せてやりたいのは山々なんだがな。コイツ、俺以外には女性(レディ)にしか背中を許さねえんだよ」

「そんなー」

なさけない声をあげるガルシア。

しかし、さすがに人の脚で馬について来いというのは可哀想(かわいそう)だ。

中村の長者のところで一頭馬を借りられないかお願いしてみよう。

トコトコトコ……

こうして久しぶりに『中村』へやって来ると、田んぼは9割方の区域で刈り取りが済み、黄土(おうど)色の土肌を晒(さら)していた。

一方、まだ刈り取りの済んでいない一部区域でだけ稲穂(いなほ)のずっしり栄えている様子が、かえって秋めいてきた空に寂しげである。

「どうぞどうぞ。こちらでよろしければ」

長者は、こころよくガルシアに白い馬を貸してくれた。

「すみませんねえ」

「いえいえ。今日だけとは言わず、いつでも借りに来てください」

「え？　いいんスか？」

と調子に乗るガルシア。

この長者には世話になってるから、またなにかでお返しを考えておかないとな。

「さ、行きましょうっス」

「ちょい待ち。ここまで来たんだから、ついでに神社へ行っておこう」

長く留守にしていたのだから、吉岡家にも「今帰った」旨伝えておこうと思ったのである。

「ああ、よかった。秋祭に間に合うよう帰ってきていただいて」

十蔵はホッと胸をなでおろすように、俺の帰りを喜んでくれた。

「まあ、一応俺もここの領主だからな」

「明日最後の刈り取りをしますので、祭は明後日（あさって）になりますまで」

そう考えると、けっこうギリギリだったんだな。

「ところで、将平は？」

「また『領地の西側』へ行っとりますわ」

どうやら頼んでおいた件、取り組んでくれているらしい。

「じゃあ俺たちも行ってみるか」

「そっスねー」

パカラッ！　パカラッ！　パカラッ！……

俺たちは馬を2頭ならべて『領地の西側』へ向かう。

と言っても、今は領民によるモンスター退治はおやすみ中だ。

これから用があるのは、母山の岩場にあいていた『穴』についてである。

「旦那。本当に『領地の西側』に【魔鉱石】が埋まってんスかぁ？」

「可能性はあると思うんだよ」

「でも、『山村』の魔鉱石は枯れちゃってたんスよね？」

「うん。ただ、ナツメのばあさんの話だと、ばあさんが子供の頃にはもう西側のモンスターたちはあそこに跋扈（ばっこ）していたらしいんだ。ってことは、西側の魔鉱石採掘はモンスターの出現によって断念されて、それで『山村』の方で採掘が集中した……って歴史的な流れが想像できるワケじゃん」

「それ、領地の西側で魔鉱石が枯れちゃったから山村での採掘が始まって、そのあとにモンスターが出現した……って可能性もあるっスけどね」

「まぁな。だけど、どっちかはわからないんだから、コストを費やす価値はあるだろ？」

「そりゃまちがいないっス」

そんなふうに馬上で話していると、例の『穴』へとたどり着いた。

ゴゴゴゴゴゴ……

昼なのに夜よりも黒く、ぽっかり空いた穴。

その前に、対モンスター用の護衛が3人と、吉岡将平が立っている。

将平は、白い紙を折（お）って棒につけた聖（セイント）っぽい道具を振り、なにやら低い唸（うな）り声をあげていた。

「やあ。調子はどうだ？」

「領主……。アキラはあっちですよ」

将平が顎で方向を指すと、そちらにはまた別の穴があった。

「どういうこと？」

「アイツに言わせるとこの穴は坑道が雑で危険なんだそうです。だから別の穴を掘って、横穴から調査するって」

なるほど。さすがアキラだ。

「でも、その『坑道が雑』って話って……この穴に『いる』のと関係あるんじゃ」

「うっ！……そりゃあ、そうでしょうね」

と言って、また将平は顔を青ざめる。

「ま、まあ。アキラにそういう意味での危険が及ばないよう頼むよ」

「ああ……」

そう答えると、将平はまた白紙のついた棒をはらはら振り、低い唸り声を上げ始めた。

俺は将平の『地鎮』と『霊能力』の才能を信頼することにして、アキラが掘っているという方の穴をのぞきこんだ。

カンカンカン！　……カーン!!

ハンマーで『くさび』を打ち込む金属音が、岩壁に跳ね返って響いてくる。

「おーい！　アキラ!!」

「あ!!……」

穴の奥から声がして、しばらくすると暗がりからランタンに照らされた笑顔が現れる。

「ご苦労さん。差し入れだぜ」

「でへ……でへへへ」

肩を叩きながら労をねぎらうと、アキラはうまく言葉を見つけることができない様子ながらも、嬉しそうに笑っていた。

そう言えば、前に一応ガルシアへマークしていた育成スキル【レシーバー】は、すでにアキラへと移してある。

「自分も、計算とか早くなった気がしてたんスけどねー」

とガルシアは言うけれど、まあ、コイツに期待しているのは別にスキルとかじゃねーから、さしあたって経験値が転送されなくても問題ないだろう。

つまり整理すると。

今のところ経験値転送スキル【レシーバー】をマークしている3枠は、

1　【生産者】のイサオさん

2　【霊能力者】の吉岡将平

3　【掘削者】のアキラ

ということになる。

現状、非・戦闘員であっても、彼らにだけは戦闘で得た経験値が転送されて行くというワケだ。

「ほら。酒と缶詰だぜ」

と言いつつ、俺は酒瓶とオイル・サーディンをアキラへ差し出した。

ねぎらう意味もあるけれど、アキラは酒が入ると少し喋（しゃべ）れるようになるから、それを期待しての差し入れでもある。

ぐびっ、ぐびび……

「石は……ま、まだ、見つからねえ」

顔が赤らむと、アキラはポツリとそう言った。

「で、でも！　必ず見つけるから。ひょっとしたら、つ、続けさしてくれ」

「まあ、そんな気負うなって。ひょっとしたら、もうないのかもしれないしな」

「お、おで、おで……今、楽しいんだ。やってること、お、同じなのに。だから」

「……そうか」

俺も見つけてもらいたいし、見つけさせてやりたいものでもある。

「まあ、まだ調査は始まったばかりだ。引き続きがんばってくれよ」

「おっ……お、おおっ」

それに、アキラへ【レシーバー】をマークしてからはまだあまりモンスターを倒していない。

転送されている経験値が増えて行くにしたがって、【掘削者（マイナー）】としての新たなスキルを身に付けていってくれることも、期待できるんじゃないかな。

◇

暑さもだいぶ引いてきた時節ではあるけれども、ひさしぶりに極東の湿気にあてられてひどく汗をかいた。

館に帰って来る頃にはまた着替えが必要な感じだったから、せっかくなので風呂に入ろうと思う。

「ふー。やれやれ……」

上着を脱ごうとジャケットの襟をつかむと、すぐに後ろから五十嵐さんがサポートしてくれた。

「あっ。ありがとう♪」

さすがに優秀な秘書。

上品な手つきでするりと上着を脱がしてくれる五十嵐さん。

「……」

「……なぁに?」

そこで五十嵐さんは珍しく黒曜石のような黒の瞳を少し上方へ悩ませてから、すぐに例の鋭い目つきに戻り俺をギロっと睨んで言った。

「私にしますか?……」

一択かよ。

「お……お風呂にしておくよ」

お嫁さんのスキルにしても半分しかマスターされていないぞ。

「タリラリラーン♪」

俺は五十嵐さんのセクハラを華麗に躱すと、てってと浴場へ向かった。

ちゃぷん……

「ふぅ。やれやれ」

館の風呂は海側のテラスにあり、眼前にはオーシャン・ヴューが広がっている。

こいつはマジで最高だぜ。

風呂は適度に熱く、景色は爽快で、長旅後にすぐ領地を駆けまわった疲れがフっ飛ぶようだ。


「うぃー……」

さて、そんなふうにわざとジジむさく唸ってみたときのこと。

ふいに、あの海の向こうの空になにかがポツンと飛んでいるのが目に入った。

次第に大きくなってくる。

こちらに向かってきているようだ。

「なんだアレ？」

最初は鳥かなと思った。

でも、近寄って来るにつれて色の派手さが見て取れてきたので、もしかしたらドラゴンか？　……などと警戒したのだけど、それも違う。

キイイイーン‼……

なんと！　それは『人』だった！

そして、世界広しと言えど、そんな登場の仕方が可能な『人』はそれほど多くはない。

あれはパーティを組まずにクエストをこなすからこそ、世界中を飛行魔法【ウォラートゥス】でひとり飛び回ることのできる最強の女……。

ブオオオン!! ……ぱしゃぱしゃぱしゃっ
ふいの突風。

波紋(はもん)を描く風呂の水面(みなも)。

俺は反射的に目を閉じる。

「やあ! エイガ・ジャニエス! 遊びにきてやったぞ!!」

溌剌(はつらつ)とした声がして目を開けば、胸を張って浴槽(よくそう)のふちに立つビキニアーマーの女がひとり……。

そう。世界1位の女。魔法剣士グリコ・フォンタニエである。

第23話　お風呂

あいかわらずのビキニアーマーに、すばらしい銀髪を風になびかせる世界1位の女グリコ・フォンタニエ。

腰に手を当て、胸を張り、突き出された両乳房だけが着陸の余韻でぷるるんと揺れていた。

「っ!!……」

意表を付かれた俺は、もう内心マジでビックリしていたのだけれど、それでコイツから『小物』と思われるのはなんだか悔しい。

俺は大声をあげて驚きたいのをなんとか堪え、あたかも『なんてことない』というような調子でゆったり浴槽へもたれかかり、

「フッ……。よくぞここまでたどり着いたな」

とだけ、つぶやいた。

じっさい、コイツにはそもそも俺が領主をやるだなんてことも教えていなかったはずなのに、どーしてココがわかったのだろう?

「ふっふっふ……。これを見たのだ」

と言いつつ、グリコはおもむろにビキニ・パンツの中へ手を突っ込む。

「おい！　全年齢対象表現を逸脱する行為は困るぞ!!」

「案ずるな」

で、そのままモゾモゾとパンツの中を探ると、中から雑誌【冒険王】をヌッと取り出す。

どこにしまってあったんだよ！　……とツッコみたいのはやまやまだったが、もうマジで面倒くせぇからヤメた。

そんなことよりも……

「お前、風呂に雑誌を持ってくんなよ。湿気でへりのところがウニャウニャになるだろ」

「こまかいことを気にするな。ほら。ここに載っていたのを見たのだ」

そう言って、グリコは冒険王を開いた。

アクアの記事だ。

なるほど、それを見たのか。

「キサマの言っていた『やりたいこと』というのはコレだったのだな」

「うん……。まあな」

「ふんっ。なかなか面白いではないか」

そう言いながら、どさくさに紛れて脚を湯船へ踏み入れようとするグリコ。

ちゃぷん……

かすかに湯が溢れる。

「おい、俺の風呂に侵入ってくんなよ」

「クッ……キサマ、あくまでビキニアーマーを排除しようというのだな⁉」

「別にビキニアーマーを排除しようとしてんじゃねーよ！　お前そのものを風呂から排除しようとしてんの！」

そう言ってムリヤリ入って来ようとするグリコを押し返そうとする俺。

ムギギギギ……

つかみ合いになり、力が均衡する。

しかし、グリコにしてはどこか力ないな。

「……た、頼む。この季節になるともう、【ウォラートゥス】で上空を飛んで来るとすごく身体が冷えるのだ」

カタカタカタカタ……

確かに、よく見ると小刻みに震えてる。

「じゃあもうちょっと服着りゃイイじゃんか……」

意地っ張りなヤツめ。

寄せるように両肩を抱き、あの陶器のように透きとおった太ももにも鳥肌がポツポツと立っている。

ちょっと可哀想だ。

「はぁ……。しょうがねーな。ほら、入れよ」

「す、すまん」

しおらしくなったグリコは雑誌を俺に手渡して、再びゆっくりと脚を湯へ差し入れる。


ちゃぽん……

女は腰まで湯に浸かるとハッとしてひとたび静止し、蹲踞の姿勢のまま、長い髪を頭頂部へうず高くまとめあげていった。こうしておろされていた銀髪が天へ翻ると、背筋からS字に連なる首がなまめかしく露出され、化石模型のような頸骨の陰影が燦然と明らかになる。ミルク色の肌に白銀の項がクッキリと境界をつくっている様は、女神を象ったブロンズ像を想起させるような確固たる美しさがあった。


「でも意外だわー。お前でも、他のヤツの情報とか気にすんのな」

「フツーは気にしない。基本、私は私のことにしか興味がないからな」

うわぁ……。正直だなー。

「しかし、ちょうど隣だったから、ふと目に入ったのだ」

「なにが？」

「キサマの領地の記事が、だ」

「なんと？」

「私の記事とだよ。私のコーナー『グリコの部屋』の。そのすぐ後ろにキサマの領地の記事が掲載されているだろう」

そう言われて冒険王を捲ると、確かにそのとおりであった。

隣に友達の記事があるのにまったく気づかなかったことをみると、俺の方こそ『自分のことにしか興味がない度』が高いのかなぁと少し反省させられる。

だけど……

「これ、読むヤツいんの？」

「いるとも！」

「うーん。でもさー。お前の毎日の体重と食事制限の経過なんか見て喜ぶヤツがいるとは思えないんだけど」

「失礼な。これでも私は『インフルエンサー（笑）』なのだぞ」

スイーツみたいに言うなって。

マジ怒られるから。

「じっさい、『グリコの部屋』は人気コーナーなのだ。ほら、筋肉トレーニングのメニューまで含めると、５ページもさかれている。対してキサマの領地の記事は１ページにも満たないではないか」

ほ、本当だ。言われてみれば。

「ぐぬぬぬぬ……」

なんだろうこの猛烈なくやしさは。

もしかしてコイツ。

それを俺に自慢したくて訪ねてきたんじゃないだろうな？

「というワケで人気が出るようアドバイスをしてやろうと思ってな。まずはキサマも、もっとこう……筋肉を前面に押し出してみたらいいんじゃないか？」

あ、そっちか。目的は。

「どう道を誤っても、そんなことにだけはならねーから」

「自信を持て。キサマもこう見るとなかなかイイ筋肉をしているぞ」

と言いながら、観察するような女の細長い指が、俺の上腕二頭筋から三角筋を経由して上部・大胸筋と鎖骨の境目をソソソっとなぞってゆく。

湯船の中では、あぐらをかいていた俺の太ももに、女のあたたかな太ももが重なり『ぶにゅり』と潰(つぶ)れた。

「チッ……。さわんじゃねえよ」

「そう言うな。私たち、筋肉友達ではないか」

「筋肉友達ではないよ！」

やれやれ。

たびたび大声を出したからだろうか。

なんだかのぼせてきた。

「はぁ……。じゃあ俺、もう出るわ」

「そうか」

俺が立ち上がると、女も出ようとする。

「あ、グリコ。お前はまだ入ってろよ。風邪ひかないように、ちゃんと温まってな」

「あっ……。う、うむ。ありがとう」

そう言って、グリコはブクブクブク……と口までを湯船に沈めていった。

◇

脱衣所に出ると、今度はグレーのタイト・スカートの女が鋭い目をして立っていた。

「わっ！　なんだよ五十嵐さん」

もちろん俺は腰にタオルを巻いているのだから、全年齢的観点ではまったく一切なんの問題もないけれど、ビックリはするぜ。

「……お客様です」

と、五十嵐さんはチノパンとカットソーを俺へ手渡した。

なるほど。客が来たから寝巻じゃダメってことな。

「すまないね。秘書にメイドの仕事までさせて」

「いえ」

と、鋭い目をかすかに伏せる五十嵐さん。

「それにしても、また客かぁ」

「……また？」

「いや……」

その時。

風呂の方からカコーン！　……と桶（おけ）を落とした音が聞こえる。

「誰か？」

五十嵐さんは美しく眉を顰め、不審そうに風呂場をのぞこうとする。

「いや、誰もいないよ。ネコじゃないかな」

にゃーん♪　……と世界最強のネコの鳴き声が風呂場から聞こえてきた。

「……」

「そ、それよりもお客なんだろ。早く行かないと」

そう言って俺はササっと身体を拭いて服を着ると、がしがしとタオル・ドライで髪の毛を7分乾きのところまで持っていき、香水をほんの少し噴射してからツカツカと廊下へ出ていった。

「領地の人？」

「よその方です」

「アクアじゃなくて？」

「存じ上げない方でした」

「ふーん」

これまで隣の領地、冒険王の取材……と来たけど、次はなにかなあ？

スタスタスタ……

そんなふうに考えつつ、客間へ足を踏み入れたとき。

「っ!!……」

その一歩で俺の足はピタリと静止した。

さすがに後ろ姿でもわかる。

あの、びっくりするほどサラサラなショートヘア。

華奢（きゃしゃ）な肩に純白のブラウスを纏（まと）い、少年のようなチェックの半ズボンからしなやかな脚がすらりと伸びている。

「あっ!!……」

その脚が、踊り子のようにクルリと回った。

「師匠！　……お師匠ー!!」

グリコが冒険王の記事でここを突き止めたのなら、当然コイツが来ることも予想しておくべきだったんだ。

「モリエ……っ！」

小さな身体が勢いよく駆け寄ってきて、そのキュっとした唇がかすかに俺の胸元（むなもと）に衝突する。

でも、さすがにもう以前のように抱きついては来ないで、ただ寄り添うように目の前で立つだけだ。

服の裾（すそ）をつかんでくるところにだけ、かすかに甘えを残している。

そう。もうモリエも15歳で、男も女もない……という時期は終わっているのだ。

「師匠……」

そう言えば、俺はコイツを見つけたらすぐ頭ごなしに叱（しか）りつけて、もう俺のことなんか嫌いにさしてやるのが一番だ……という作戦を立てていたはずだった。

「よかった……。無事だったんだな」

「うん」

しかし、俺は自分で思っていたほど、そんな出来上がった大人にはなりきれていなかったのである。

俺は、あのパーティの中でこうしてマジで追いかけて来てくれるヤツがいたことに……不覚にもすげー救われた気持ちになっていたのだ。

なさけないことに涙のこぼれるのを幾波(いくなみ)か我慢してから、俺は言った。

「心配したんだぜ」

「……ごめんなさい」

しょんぼりさせてしまったので、俺は『もうひょっとしたら嫌がるかな』と思いながらも、ためらいがちに頭をなでてみる。

「ふふっ」

サラサラと指に伝う髪の感触のあと、あの無邪気な笑顔がぱっと咲いた。

◇

「へえ。この子があの攻撃的ウィザードのモリエちゃんっスかぁ」

と、ガルシアが言った。

「お前、モリエと会ったことなかったたっけ？」

「ないっスよー。自分が面識あるのは、エイガの旦那と、クロスの旦那と、ティアナさんだけっス」

まあ。ウチの若年組（モリエ、エマ、デリー）は商人と話したがらなかったからな。

「でも、こんなに可愛い子だったんっスねー」

子供好きのガルシアはエクボをつくってやさしくモリエへ微笑みかけた。

「!!……」

しかし、それがまるでＬＯＬＩＣＯＮのようだったからであろうか、モリエは怯えるように俺の服の裾をつかんで背後に隠れてしまった。

可哀想なガルシア……。

「エイガ様。お客様です」

そこで五十嵐さんが来客を告げる。

また客か……と思えば、なんのことはない。

「やあ。エイガ・ジャニエス！　久しぶりだな!!」

グリコが玄関からやってきただけだった。

「よお、グリコ。久しぶりだねえ」

と、俺も答える。

その時。そのやり取りに、俺の背後に隠れていたモリエがハっと反応する気配を感じた。

「っ‼」

「ん？　……あっ‼　キサマ……」

珍しくグリコが目を見開いて驚いている。

「なにグリコ。モリエを知ってんの？」

モリエもいよいよ、あのグリコ・フォンタニエから注目されるほど知名度があがってきたか、と喜ばしく思っていたのだけれど……

「キサマは……あのときの少年じゃないか！」

その場は、ガルシアも、そしてあの五十嵐さんすら『え？　……』という表情になって固まった。

「ほら、少年！　キサマの好きな腹筋だぞぉおお」

「ちがうっ‼　ボクは……ふぁ♡　ふぁぁああ♡♡♡」

えー。

なんか面倒くせーなぁと思って見ていたけれど、モリエもまんざらではない……どころか非常に心地よさそうにしているので、とりあえず放っておこう。

それよりも……

「これ、送っておいて」

その隙(すき)に、俺はメモをひとつ五十嵐さんに手渡した。

「……よろしいのですか？」

「ああ」

五十嵐さんは少しの間俺を睨むと、踵(きびす)を返して部屋を出ていった。

第24話　祭

俺の領地【遠雲】は、2500穀(こく)の土地と言われている。

これは『2500人が1年間食べる量の穀物が生産できる土地』という意味なのだそうだ。

「しかし、実際の収穫高がどれほどなのかはまた別ですで。それも年ごとによって違いますな」

新米領主の俺はそこらへんがよくわからないので、神社の吉岡十蔵からレクチャーを受けていた。

「じゃあ……まずは今年の収穫量を把握しなきゃいけないのか」

「本当は収穫前に調べないといかんかったのですがな」

そんな話をしている時だった。

わッ!!

神社の宿坊の方で、大勢の男たちの大声があがるのを聞く。

「なんだありゃ」

「村の若い衆ですわ」

「祭は明日なんじゃなかったっけ？」

「連中は前日から神社入りしますで」

ワーッショウェーイ!!　ッショー！　ッショー！　ッショー！　ッショー!!

若い男たちのオラオラした声がまた響く。

「なんだか忙しそうだな」

「正直申しますとワシも今はてんてこまいですわ」

と、十蔵もぼやく。

祭も明日なのだから、そりゃそうか。

「じゃあまた今度相談するよ。忙しいところ悪かったな」

「いえ、とんでもございません」

そう言って、俺は吉岡の神社を去った。


さて、こうして黒王丸で帰っているとき。

ふいに館の方でなにやら煙がのぼっているのを見た。

モクモクモクモク……

まさか！　と一瞬ドキっとしたが、近寄ってみるとなんのことはない。

パチパチ……パチっ！……

「ほら、焼けたっスよ！　グリコさん」

ガルシアがアウトドア・セットの網で海産物を焼いていたのである。

「うむ」

細長い魚を受け取ったグリコは、銀髪を女らしく耳にかけて、どこから口をつけたものか迷ったふうだった。

そう言えばコイツ昨日泊まってってたんだったな。

まだいたのかよ。


「エイガ様。魔報です」

そんなふうに眺めていると、いつの間にか俺の背後に立っていた五十嵐さんがメモを差し出してきた。

魔報とは、離れたところへ20文字以内のメッセージを送ることのできる技術である。

メモには、

《スグニイク》

とある。

俺はフーっとひと息つくと、メモをポッケへしまった。

パチっ！　……パチパチ……

それで、あらためてガルシアの網の上の海産物をのぞいてみる。

「つーか、どーしたの？　これ」

そう五十嵐さんに尋ねると、

「『磯村』からの献上です」

とのこと。

「ねえ、お師匠！　コレ、ほら♪」

その時、横からふわりと軽い体重が腕にしなだれかかったかと思えば、焼き魚を俺に差し出す少女がジッとこちらを見つめていた。

「もむっ……むぐむぐ……」

俺が拍子(ひょうし)でその手から直接食べてしまうと、あどけなさの残るモリエの頬がまたキャキャっと笑う。

そう。俺は昨日コイツをどうしても叱れず、追い返し損ねてもいたのだった……。

「はっはっは！　エイガ・ジャニエス。やはり、秋刀魚(さんま)は遠雲に限るな」

そこでグリコがワケわからないことを言いながら、モリエを後ろから抱きしめた。

「っ……♪」

はぁ……。俺は笑ってるモリエの横顔を眺めつつ、ため息をつく。

まあ、さしあたって楽しそうなのはイイことか。

また行方不明になられてもマジ困るから、しばらくはこのままにしておいてやろうと思う。

◇

次の日。領地は秋の大祭である。

正確には『中村』の祭なのだけど、この祭には他の村の人々も多く参加するらしく、領地全体にとって大きな意味のある祭なのだ。

俺は、ガルシア、五十嵐さん、モリエ、グリコを連れ、神社へ向かって歩いていた。

「領地には年間で数十の祭がありますが、一番大きいのはこの秋の祭なのです」

遠雲出身の五十嵐さんがそう説明してくれる。

「へー」

「今日のは収穫祭って感じっスか？」

「はい」

「ボク、お祭りって初めて！」

「そうなのか、少年は可愛いな！　はっはっは」

そんなふうに話しながら歩く5人ぶんの影法師(かげぼうし)は、すでに朱色の陽に長く伸びていた。

影だとわからないが、実物を見るといつもと様子の違うのはグリコである。

今日のグリコは、紺(こん)に白い花を染めた薄い単衣(ひとえ)で、くすんだ臙脂色(えんじいろ)の帯を巻いている。

ビキニアーマーだと村のみんなはビックリするだろうから、五十嵐さんから土地の衣服を借りて着付けてもらったのだ。

土地の者でもないのに民族衣装など着ても似合いはしないだろうと高をくくっていたのだが……

「ん？　なんだ？」

これが意外と様になっていた。

薄い布地にじょうぶな尻のシルエット、袷せた襟元の涼やかさ、アップにした銀髪には玉の髪飾りが刺さってゆらゆら揺れている。

五十嵐さんのコーディネートのおかげというところもあろうが、こうして見るとあのグリコがまるでフツーに綺麗なおねえさんのように見えてしまうから不思議だ。

そう言えばグリコの着付けのとき、モリエなんか目を輝かせて見ていたっけな。

「わぁ……綺麗」

「モリエ。お前も着せてもらえばイイじゃん」

「え!!　ボ、ボクはいいよ……。どーせ似合わないもん」

モリエは頬を真っ赤にして、ショートヘアを『キッ！』と揺らし俯いていた。

「？」

グリコはそんな様子をキョトンとした顔で見ていたけれどね。

さて、神社の前へ着くともう日は沈むという頃合い。

あぜ道にいつもは見ない旗が幾重にも立ち並び、紙にぼかされた油の火が夕闇を幻想的なものに彩っている。

ガヤガヤガヤ……

領地の人々も多く集っていた。

みんな神社の石段を見上げている。

しばらくすると、村の若い衆が小さな家のようなものを担ぎ、あの長い石段を勢いよく降りてきた。

ワーッショウェーイ!! ッショー! ッショー! ッショー! ッショー!!

彼らに担がれている小さな家はとても艶やかな造りをしている。

ところどころに複雑な木彫りの装飾が施されて、打ち掛けられた布には金銀、紺丹緑紫の刺繡が散りばめられていた。

ッショー! ッショー! ッショー! ッショーォォォオオイ!!

ざわ♡ ……ざわざわ♡♡

若い衆の、暴力をメタファーにするかのような荒々しい声と動作に、村娘たちはむしろ心ときめくように囁きあっている。

ところで、この担がれた華美な輿には『神』がまつりあげられている……というストーリーが人々に共有されているのだった。

神の輿は、若者たちに担がれて石段を天下る勢いをそのままに村中をめぐり御行く。

夜の村はところどころ篝火でライトアップされ、大小の太鼓が鳴り、笛が囃したて、大人たちには酒が、子供たちには甘酒がふるまわれた。


やがて、神の輿は『中村』の村舎の前をゴールにして降ろされる。

今日一晩は神を村中にお泊め申し上げて、みんなで収穫を祝い、感謝する……というのがこの祭りの主旨なのだ。


村舎には、『中村』の主だった面々と、他の村の長や有力者も招かれていた。

当然、【領主】の俺も出席する。

この場では数々の酒やごちそうがふるまわれた。

料理好きなガルシアはナマの魚の料理に興味深々で、グリコは今日の特別なルックスで爺さん連中から大変な人気をはくしてしまい少し困った様子である。

そんな中、

「領主様。噂の西側のモンスター退治はどうですか？」

と、ひとりが尋ねてきた。

「おお、ウチの若い者らも噂しとったわ」

「ウチもじゃ」

他の年長者たちも口々に尋ねてくる。

うん。この場はポイントだ……と思った。

なにせ、領内の有力者が一堂に会しているわけだからな。

「弱小モンスターは逆に『根絶』をするのは難しい。でも、数は相当に減ったぜ。各村、みなさんのご協力のおかげだ」

おおー、そうか……というどよめき。

場の多くが俺の方を注目し始めていた。

「そして！　こうして『領地の西』で培った力で我々が奥賀の【大猿】を倒したのも、みんなもうご存知だろう？　それがこうして雑誌に載るようにもなったんだぜ」

俺は『我々が』を強調しながら言って、冒険王のアクアの記事を開いてみせた。

「なんと！　遠雲が雑誌に⁉」

「字が読めんけど……すごいことじゃ‼」

なるほど。俺が極東の文字を読めないのと同じように、彼らは冒険者標準で書かれた雑誌を読むことができないのか。

これは今度、五十嵐さんに訳してもらおう。

まあそれでも雑誌に載ったという事実は彼らにも衝撃だったようである。

「これから俺はこのノウハウをさらに活かすため、我々単位で『冒険者ギルド』へ登録しようと思う。それでもっと上のクエストをこなしていけば、きっと遠雲の名を『世界』が知るようになるだろうぜ」

今度は『世界』を強調してそう言うと、爺さん連中まで含めみんな目をキラキラ輝かせて俺を見上げていた。

まあ。誰しも自己顕示欲があるのと同じく、『地元顕示欲』ってあるからな。

こうやってヴィジョンを提示してみんなのモチベーションを維持しておくのも大切なことだろう。


その後。

俺は演説を終え、それから中村の長者などと歓談したのち、そっと村舎を抜けた。

人の大勢いるところにあまり長い間いるのは気疲れするからな。

キャッキャャ♪……

外へ出てタバコへ火を付けると、闇(やみ)の篝火の向こうで、10代の中盤くらいまでの極(きわ)めて若い男女の群がキャッキャャと笑い合っている。

祭だから寝るのが遅いのかな……などと思って見ていると、

「今度はそれを全部使ってみせるからね!」

その若者たちの輪の中心にいるのがモリエであるのに気づく。

なにしてんだ？

そう思って見ていると、モリエは元気のよい半ズボンをひらりと翻して、初級魔法を小さく球状にまとめたものを人差し指へ浮かべた。

続いて中指、薬指……と、全部で6つの攻撃魔法属性の球を指先へ浮かべてゆく。

モリエの美しい顔の前で、『火』『爆』『水』『氷』『土』『風』の魔力の球が、各々の属性の色彩を放ちつつゆらゆら揺れていた。

わぁ!!……

と若者の群れは声をあげる。

「そら！」

少女はそう叫ぶと、6つの魔法の球をくるくると器用に指から指へと移していった。

小さな魔力に前髪がハラハラと浮かび、豊かな頬の光沢にはエネルギーの揺らめきが映る。

わっ!!……パチパチパチ
また、若者たちの歓声と拍手が起こった。

「へへっ♪」

しかし、そんなふうに機嫌よく笑ったときだ。

ポロ……

「あっ！」

珍しい。

モリエは魔力のコントロールを失い、球を落としてしまった。

するとさまざまな属性の小さな魔法が地面に落ちて、バチバチバチ!!っとものすごい音を立てる。

キャーキャー♪……アハハハハ！

村の若者は、それはそれで面白いようだ。

子供は、大きな音と、強く光るものに興奮するものだから。

「むぅ……」

でも、当のモリエは唇をキュっと尖(とが)らせて悔しそうにしている。

こりゃ『笑わせる』のと『笑われる』のは違う……みたいなアレだな。

そんなふうに眺めていると、ふと、モリエが俺に気づいた。

彼女は自分の失敗を見られたと思ってか、一瞬だけ恥じるように俯くが、すぐに俺の方へトテテテテ……っと駆け寄って来る。

「師匠♡」

ムギュ……

と思い切り抱きついてくるから少しビックリする。

さすがに最近はもう抱きついてきたりはしなくなっていたのに、どうしたんだ？

そう思ったが、

「ふひひひ♪」

なるほど、酔っ払ってる。

「ふふっ。甘酒で酔っ払うなんて、やっぱりまだまだ子供だな」

そう言って笑ってみせるが……正面からギュッと抱きついてくるモリエの胸にわずかな膨らみがあるのに気づくと、俺はひどく困惑してしまった。

第25話　弟子離れ

俺が初めてモリエに【憑依】したとき。

12歳の肉体が受けとる五感って、こんなにギラギラしてたっけか……と驚いた記憶がある。

目に飛び込む色彩。

迫り来る音。

敏感な肌に密着する衣服のさわり。

口の中の唾液。

鼻先をくすぐる季節の風。

みずみずしい細胞に、すべてが新鮮に感じられ、まるで世界が襲いかかってくるようだった。

大人とは違う、子供の世界……。

俺も12歳の頃は、世界をこんなふうに感じていたのだろうか？

頭に手をやると、あの若々しくサラサラな髪が、この小さな手の先に触れた。


「ほら、これが爆発系魔法レベル1【エクス】だぜ」

ボン！

俺は魂でモリエの肉体を動かし、掌から初級魔法を放ってみせる。

「わぁ♪　すごい！」

「ほら、キミもやってみなよ」

「うん！」

モリエは、最初からちっとも憑依を怖がらなかった。

むしろ自分の身体から魔法の放たれるのが面白くて仕方がないらしく、それを真似して自分でできるようになると飛び上がって喜んだ。

モリエは毎日のように「魔法やって！」とせがんできたし、憑依していないときでも横にずっとついてきて、俺のやることなすこと隣でマネしてたっけな。

俺は俺で、モリエがニョキニョキと成長してゆくのが面白くてたまらなかった。

それまで使ったことのなかった魔法属性も、モリエに教えるためだけに徹夜で予習したっけ。

こういう言い方をすると誤解されるかもしれないけれど、正直、俺はこの頃モリエが可愛くて仕方なかったんだ。

しかし、それが13歳になり14歳になって、

『ボクは男になるんだ！』

とは、いつの間にか言わなくなった頃。

横についてゆく相手が、俺からティアナへと変わっていった頃……。

憑依する回数は年に数えるほどになっていた。

と言うのも、モリエはすぐに6つすべての攻撃魔法属性で中級のレベル3まではマスターしてしまったし、俺が覚えられる攻撃魔法の限界はその中級レベル3までだったからだ。

つまり、俺にはもう、モリエの覚えていない魔法を使ってみせることができなくなっていたのだった。

「お師匠……魔法やって？」

それでもモリエは子供なりに気をつかってか、たまに憑依指導を乞うてくる。

そのやさしさが、俺にはちょっとたまらなかった……。

上級の魔法を使えないので、代わりに初級魔法を球状にコントロールして指でくるくる回す遊びなどをやりお茶を濁したものだったが……でも、俺はもうこのときに思っていたのだ。

弟子がいくら可愛くても、ちゃんと適切な時期には手放していかなくっちゃならないんだ、っ

てな。

◇

秋の祭りの後、一週間がたった。

俺はすでに領民による『西側のモンスター退治』を再開している。

これから農閑期を迎え、奥賀の船が来れば、いよいよ150人態勢で『海外遠征』へ出向いていこうと思うのだけれど……大猿討伐のあとに招集した75名はまだ力不足である。

この後発組の75名をなんとか戦闘力１０００に近いところまで引き上げて、150人全体として穴のないようにしていきたいのだ。

わー！　わー！……

領内での注目度も上がってきているからか、75名は連日のモンスター狩りにもめげず一生懸命戦闘に励んでくれた。

そのおかげで、みんな戦闘力500〜800の水準まで達し、あともう少しで海外遠征も視野に入ってくるというところまできている。

「わーい!!」

「はははは！」

パカラッ！　パカラッ！　パカラッ！……

一方、黒王丸に乗って遊んでいるのは、モリエとグリコである。

コイツらは「モンスター狩り、手伝うよ！」「それはいい！」と言ってついてきているワケだけれども、実際、初級モンスターをチマチマ狩るだなんてコイツらにできるわけもなく、結局はこうして遊ばせておくのが最も無難ということになった。

あんまり無茶をして俺の領地を破壊されても困るしな。


「おーい！　もう引き上げるぞー‼」

俺が全体にそう号令をかけると、領民たちはしっかり75名集まり、それから黒王丸に乗ったモリエがやってきた。

「あれ？　グリコは？」

「あっち」

と指さすモリエ。

グリコは雄大に腰へ手をあて、草原にひとり立ち、山々を見上げていた。

「なにしてんだ、アイツ」

「お師匠呼んできてって」

「俺？」

俺は彼らに少し待つように言って、グリコのところへ駆けていった。

タッタッタ……

「おい。どーした?」

「私は少しトレーニングをして帰るよ」

「そうか」

さすがに世界1位の実力はたゆまぬ努力によって維持されているのだなあ……と思ったのだけど。

「このちょうどイイ腹筋を維持するためには、たゆまぬ努力が必要なのだ。つけすぎても、落としすぎてもダメだからな」

「そ、そうか（汗）」

あいかわらずだな、と思って振り返ろうとしたとき。

「……私もそろそろ冒険（にちじょう）に戻らないといけない」

と、女はぽつりつぶやく。

その声があんまり消え入るようだったので、もしかしたら引き止めてほしいのかとも思ったのだけど、それはヤメておいた。

「そうした方がイイぜ。いくら世界1位って言っても、ずっと遊んでたらお前を2位だと言うヤツも出てくるだろうからな」

「うむ。そこで相談だが……」

するとグリコはあの長くすばらしい銀髪をここぞとばかりにパッと払う。

「あの少年……モリエ・ラクストレームを、私に預けるつもりはないか？」

「っ！……」

「私ならば、あの少年をもっと高いレベルのクエストへ……魔王級の冒険にだって連れていってやることができる」

うん。そういう話をコイツがしてくるんじゃないかとは思っていたんだ。

「そして将来は私のフィアンセに……♡」

そう言って頬を染めるグリコ。

さ、さすがにそこまで想い込んでいるとは思わなかったけれどね（汗）

いろいろツッコミどころはあるが、とりあえず……

「まあ。モリエ自身が本当にお前と組みたいって言うのなら、俺にはそれを止めるケンリはないけどな」

俺はそこでタバコに火を付け、ひと呼吸おいてから、

「でも、そりゃ難しいと思うぜ」

と続ける。

「な、なぜだ⁉」

「つまり、『ポジションがかぶる』って話さ。グリコ。お前は魔法剣士として超一流だけど……。それって、『全体攻撃魔法』と『剣での物理攻撃』の両方が超一流だから、ひとりで『群れ』にも『ボス』にも対応できてスゲーってことじゃん？」

「うむ。それはそのとおりだけれど、あらためて人から言われると私って本当に偉大なのだな。いやぁ♪　でへへへ……」

ビキニアーマーで剝き出しの太ももをモジモジさせて喜ぶグリコ。

「でも、それだとモリエの攻撃的ウィザードの能力って必要ないだろ。お前が全部やっちゃうんだから。実際、お前とモリエの力の差もまだまだ大きすぎるしな」

太もものモジモジがピタリと止まった。

「それじゃいくら高レベルのクエストに参加できても、モリエが良質な実戦を積むことは難しい。アイツもそのへんわかってると思うから、誘っても断られるんじゃないかな」

「……」

「アイツに良くしてくれていることは感謝するよ。でも、グリコ。お前勘違いしてるみたいだけど、モリエは……」

「……すまないが。少しひとりにしてくれ」

話は途中だったのだけれど、グリコは寂しそうな顔をして筋肉トレーニングを始めてしまった。

世界1位で夢はすべて手に入れているように見えるコイツにも、やっぱり心に抱えるものはあるのかもしれない。

意外と寂しがり屋だしな。

第26話　少女

「よし、帰ろーぜ！」

俺は、75名と黒王丸に乗ったモリエのところへ戻ってそう言った。

タッタッ……

一瞬、馬上のモリエの後ろに飛び乗ろうと弾みをつけたのだけど、純白のブラウスが華奢な胴体を凛々（りり）しく包む印象に、ピタリ足を止める。

そういえば祭の夜……。

モリエの身体は、もうだいぶ女性みを帯びてきているのだった。

「……？」

俺が馬に乗らず歩いていると、モリエは不思議そうに首をかしげる。

そして、ひらりと黒王丸を降り、俺の横に並んだ。

「お前は乗っていればいいよ」

「んーん。お尻痛くなってきたから」

「ははっ」

俺も手綱を受け取りはしたが馬へは乗らず、そのままトコトコ歩いていった。

領地の西側を抜けると、75名は各々の村へ帰って行く。

深くなる夕暮れ。

気づけば、あたりには俺とモリエだけになっていた。

妙に緊張する心地の中、

「なあ。ちょっと話があるんだけど」

と切り出した。

「ボクは……帰らないよ」

さすがに察しがいい。

「モリエ。あのさ」

「ボクはここにいる！　だって……まだまだボクはお師匠にいっぱい魔法を教えてもらわなくっちゃならないんだから!!」

「ははっ」

俺は思わず自嘲ぎみに噴いた。

「わかってるだろ？　俺には……今のお前に教えてやれる能力がないんだ」

「そんなこと……」

眉を下げるモリエを見て、俺はため息をついた。

「お前はさ。俺が解雇になってもあのパーティに居続けるのが、俺に対して申し訳ないと思ってるんだろ？」

「っ‼　……違うよっ！　ボクは……」

「違くないって。それにさ。そーゆう『やさしさ』って別に全部間違ってるとも思わないしな。実際、今回はお前がここまで追いかけてきてくれて、俺、すげー嬉しかったんだぜ。泣きそうになってたの、わかった？」

「師匠……」

「でも、モリエお前、世界1位になるんだろ？　だったら、お前にはあのパーティが必要なんだよ。あそこにはお前を必要とする『席』がある。これ以上の成長は、適切なチームの中で良質な実戦をこなしていくことでしか得られないんだからな」

「じゃ、じゃあ一緒に帰ろ？　お師匠も……」

「俺にはもうあのパーティに『席』がないんだよ。だから解雇されたんだ。でも、俺は別に『可哀想』なんかじゃないんだぜ。今の俺は、俺でやりたいことをやってるんだからな」

「違う……」

「だから、俺に『申し訳ない』だなんて思う必要は……」

「違うって言ってるだろ！」

唐突にヒステリックな声。

モリエがこんなふうに俺へ反抗的な声をあげるのは初めてだったから、ちょっとビックリする。

「じゃあ、なんだって言うんだよ」

「だからボクは！　ボクは師匠のこと……す……す……」

はらはらとおりる前髪の下で、少女らしい瞳がこちらを見上げて凛と光っている。

「っ……っ……」

「どうした？」

「ッ!!　……も、もういいよ……」

ところが少女はなにかに挫けたようにかすれた声を絞りだして、沈鬱に目を伏せてしまった。

まったく。

10代のヤツとのコミュニケーションは複雑怪奇だ。

エマやデリーも難しかったけど、モリエもあーゆーふうになっていくのかなあ。

「……」

それからモリエは口をつぐんでしまって、俺はほとほと困り果ててしまった。

どうしていいかわからないので、とにかく話を前に進めることにする。

「ほら。これ、明日の船の券だから」

こうして具体的なものを見せると、モリエも少し現実に引き戻されたようで、一瞬、冒険者の顔立ちに戻る。

「で……でも、きっとみんな怒ってるよ。ボク、急にパーティを出てきちゃったから」

なるほど。

そっち側への後ろめたさも当然あるよな。

でも……

「それはちゃんと謝れば大丈夫だと思うぜ。ほら」

そう言って、俺は遠くに見えてきた館の方を指さす。

そこには、ちょうど五十嵐さんに連れられた金髪の女が館へ入っていこうとする姿があった。

「あっ!! ティアナねえちゃん！」

やっと明るい声をあげるモリエ。

ティアナの方もこちらに気づいたようで、館へは入らず、俺たちの到着をそこで待った。

俺たちはその時、たぶん３人とも『これから会える』ことに心弾ませていたはずだった。

トコトコトコ……

けれど、歩いて距離が縮まって行くに従ってむしろ距離が開いていくようにすら感じられて、
せっかくハッキリ顔がわかるところまで近寄るともうみんな曇った表情をしていたのである。

「……ほら」

と、モリエの脇を突っつく俺。

「……」

モリエはぶすっと仏頂面をしていたけれど、さすがにティアナはわきまえて、

「ごめんなさい。エイガのこと、あなたに内緒にしていて……」

と、すぐにモリエへ謝った。

「っ！……」

少女はティアナの声を聞くと、華奢な背をピクンと跳ねて震えだす。

「ボクも、急に出ていったりしてごめんなさい」

モリエは俺の横をタッと去って、ティアナの方へ駆けていった。

ぱふ……

白く優しい手がモリエの頭をなでるのをとおして、黄金(ブロンド)の前髪がゆで卵のような額(ひたい)にそよぐのがかいま見える。

ずいぶん長い間会っていない気がしていたけれど……見れば昨日会ったばかりのようにも感じられて、俺はすぐに視線をそらした。

「そうだ。五十嵐さん。風呂ってわいてる?」

「はい」

「回船は明日だから。今日は泊めてってあげよう。まず風呂にでも入ってもらって。ガルシアがいたらご飯も」

「はい」

そう五十嵐さんに伝えて、俺は先にひとりで館の中へ入っていった。

◇

とくとくとくとく……

俺は居間のソファーへ腰かけて、焼酎をグラスへ注ぐ。

で、ちびりちびりとやっていると、五十嵐さんがやって来た。

「今、おふたりでご入浴されています」

「そうか。あ、ごめんけど。水持って来てくれる？」

「はい」

五十嵐さんに水を持ってきてもらうと、俺はそれを宙でひっくり返し、氷系魔法【ヨルド】で凍らせ、氷の塊を作った。

これをアイスピックでつつくとふたつに割れたので、グラスをもうひとつ取って、

「五十嵐さんも、どお？」

と勧めてみる。

「はい」

と言って睨むので、彼女のぶんも注いだ。

カラン……

この人も、アキラみたいに酒が入ればしゃべるかな……と思って勧めたのだけど、

「はっはっは！　今帰ったぞ！　エイガ・ジャニエス！」

五十嵐さんがグラスへ口をつけるやいなやグリコが帰ってきた。

「おかえり……。つーか、汗だくじゃねーか」

「むっ、フツーだろう。トレーニングをしてきたのだからな。そしてお腹(なか)が減ったぞ。なにかない

だろうか?」

と言って居間に入ってこようとするので、制止する。

「あとでガルシアに作ってもらうから。先に風呂入ってこいよ」

「そうか」

と言ってグリコは風呂へ行った。

「……よろしいのですか?」

残った五十嵐さんが言う。

「なにが?」

「今、ご入浴中……と申し上げたはずですが」

あっ……。

「ふー。まあ、いいんじゃね?」


ガチャーン☆　ドタドタドタ……!

しばらくすると、ひどい物音を立てて半裸の女が戻ってきた。

「大変だ!　エイガ・ジャニエス!」

「うん」

「少年が、少年が……女の子になってしまったのだ!」

こうして最後の懸案も無事解決(?)したのであった。

第27話　発見

翌日。朝早くに目が覚めて居間へ出ると、三つ編みの後ろ姿が目にとまってビクっと足を止めた。

そうだ。ティアナのヤツ、モリエを迎えに来ていたんだっけ。

他はまだ誰も起きて来ていない。

「……」

彼女、俺に気づいていない様子なのでこのまま寝室へ引き返そうか……と迷っていると、

「ぁ……」

と、気配に気づかれてしまう。

チェアに姿勢良く座っていたティアナは上身体をよじってこちらへ向き直り、

「おはよ」

と、かすかに微笑む。

「……っす」

俺はそう自然に応(こた)えて、向かい側のソファに座った。

「うーん。よっこいしょ……っと」

が、すぐに立って、台所へお茶を淹れに行く俺。

別になにがどうというわけではないのだけれど、アイツとふたりっきりというのが妙に憚（はばか）られて、お茶を淹れている間に誰か起きてくることを期待したのである。

カチャカチャカチャ……

だが、戻ってきても誰も起きて来ない。

俺はため息をついて盆（トレー）をテーブルへ置く。

「ミルク、このくらいでよかったっけ?」

「ええ」

と言って紅茶をティアナへ差し出す。

カチャ……

「っ……」

女の唇がカップへ付くと赤いメガネがふわっと曇った。

それでハンカチを取り出し少し俯きつつメガネを外すと、その柄に引きつられて黄金（ブロンド）の鬢（びん）が白い頬へそよぎ張り付く。

俺は思わずその頬の髪を耳へかけて直してやろうと指が出かけたけれど、ハッとして手を引いた。

「今回のことはごめんなさい」

ティアナはティーカップを置いて唐突に言う。

「あ？　……ああ。いいや、仕方ないって」

モリエのことを言っているのだ。

俺は迷惑とも思っていなかったので、たいした感慨もなくそう答える。

「……冒険王を」

「は？」

「冒険王の記事を読んだわ」

「そっか」

「あなた、やっぱり冒険がヤメられないのね」

「……ごめん。お前が考えていた【退職金】とは違うよな」

「んーん。これも仕方ないのね。きっと」

とだけ言って、またカップへ口をつける。

「クロスも……」

俺はこのとき、『クロスもアクアの記事を読んだのか』と尋ねようとしたのだけれど、そんなことを気にしているのがバレるのはとても恥ずかしいと気づいて止めた。

「？」

でも、ティアナが続きを促すように首をかしげるので、咄嗟に内容を変えて続ける。

「……いや、クロスもお前も大変だよなと思ってさ」

「大変って？」

「新聞、読んだぜ」

「……私、今は新聞を読まないことにしているの」

「そうか……」


その後。みんなが起き出して、朝ご飯を食べると、もう船が来るというので送って行くことになった。

グリコも今日帰るらしいのだけれど船には乗らないので、彼女も見送る側だ。

女の子だと知ってショックだったようだけど、モリエのことを可愛いと思うのはヤメられないらしく、あいかわらずぎゅ♡っと抱きつきなどしている。

ティアナがそんなグリコの様子にマジでビビっているようだったのが、ちょっと面白かった。


わいわい♪　わいわい♪……

あの遠雲の荒れた港も、この面々で行くと大変賑(にぎ)やかな様子になる。

ふと、いつまでも船が来なければイイのにと思いもしたけれど、それはかっちり定刻に来た。

「じゃあね……」

「さよなら」

モリエとティアナは別れを告げて船へ向かう。

キイ……キイ……

しかし、ティアナの足が桟橋にかかるとき。

「ティアナ！」

俺はたまらなくなって叫んだ。

「！……」

振り向きざまの女の青い瞳は、南の海のようにキラキラ輝く。

「……エイガ！」

「ティアナ。クロスに伝えてくれ。俺は俺のやり方でザハルベルトへ行くって！　待ってろって！」

「な……」

そう言うと、なぜか女の横顔は俯き、彼岸花のようなまつ毛が悲しげに降りる。

「ど、どうした?」

「……結局あなたが一番気にしているのって、クロスのことなのね」

俺がなにか言い返す間もなく、ティアナは再び背中を向けて行ってしまった。

◇

「なんか寂しくなっちゃったっスねー」

と、ガルシアがぽつりと言う。

あれからグリコも飛び立って、客の去った館は、確かにとても静かだった。

「そう言うなって。これから館も賑やかになっていくさ」

「だといいっスねー。ところで旦那。奥賀の船っスけど、いよいよ手配ができたらしいっス。来週には50人乗りの船3隻を遠雲にリースしてくれるとのことっスよ」

「マジか！　これでいよいよ海外遠征だな‼」

「はいっス！」

そう俺とガルシアが肩を叩きあっているとき。

「エイガ様」

五十嵐さんの声がして振り返ると、ちょうど俺の唇に彼女の鼻先が触れてしまってマジびびる。

「な、なに？」

「……お客様です」

「そうか。領地の人？」

「ええ」

彼女はそう答えて掌を上へ向けるので、そちらを見る。

すると、ドアのところに煤（すす）で顔を真っ黒にしたアキラが背中を丸めて立っていた。

「りょ……りょうしゅ！……と、とと……採ったどぉぉぉ!!」

そう叫んで岩石を両手に掲げる掘削者。

その凸凹のある岩石には、魔性を帯びたクリスタルが斜めに埋まっていた。

そう。俺の領地から魔鉱石が出たのである！

《奇跡の軌跡：1》 エイガ、クロス、ティアナ

俺は、自分が眠っていることを自分でわかっていた。ちょうど夢と夢の幕間で、薄ぼんやりとした灰色の世界に漂っている感じ。

でも、誰かに呼ばれている気がする。もう起きなきゃいけないのか？

……まだ……寝てたい、のに……zzz

「おい、エイガ。もう着くぞ」

「……っ……っぁれ……クロ……ス？」

瞼を開くと、目の前で勇者クロスが肩をゆすってきていた。

ガタンゴトン、ガタンゴトン……

魔振動が一定のリズムで身体を揺らす。ああ、魔動列車に乗っていたんだっけ。

背中にゴリゴリいう3等車の木製椅子。その対面でクロスが軽く笑ってこちらを見つめている。

「トンネルを抜けたら麦畑だったからさ。そろそろレベッカの町へ着くんじゃないか」

クロスはそう言いながら、世界の車窓をガラっと開いた。秋風が吹き込み、稔った麦の香りを車内へ運ぶ。

「ふぁーあ……。そうだな。ごめん、すげー寝てたわ。普通に夢見てたし」

「ははは。そうみたいだな。まあ、よだれ拭けって」

そうやって笑うクロスの顔は非常に端正で、瞬間、女として見てみてもよいとさえ思われることがあった。車窓から射し込む陽で彼の薄いシャツが耽美に透かされ、20代前半の潑剌とした肌色、勇ましく骨張った肩や鎖骨、たくましく薫る胸板の様子がまざまざとしてどこか神話めいている。

俺は口元を袖でゴシゴシ拭くと『コホンッ』と咳払いをして、窓の外へ目をやった。

「それにしても……へんな夢だったな」

「へえ、どんな？」

「お前がさ『魔王級も討伐の視野に入れて行こう』とか言って調子乗ってんだけど……なんでか悲しそうな顔してんだよ」

「悲しそうな顔？　オレが？」

生まれてこのかた悲しい顔なんてしたことがないかのような顔で驚くクロス。

「うん。あれどうしたの？」

「知るかよ。お前が見た夢だろ。でも……」

クロスは顎に手を添え少し考えるふうにする。

「……魔王級か。きっとそうなるさ。なんたってオレとエイガが組んでるんだからな！」

「ぷっ」

ちょっとこっ恥ずかしくなって軽く噴き出す俺。

「っ、んだよ」

「別に。ふふっ……まあ、そうかもな」

俺は俺でそうつぶやくと、今見た夢のことはもう忘れてしまった。


ポオオオオ！　……ポオオオオオ‼……


汽笛が鳴る。

広大な農園いっぱいに寂寞が響き渡り、それは遥かなる秋空にも共鳴して、世界は青く澄みきった美しみに満ちた。

魔法鉄道のレールはそんな景観を巻くようにカーブして行く。その向こうへ赤い屋根の棟々が見えてくると車体はますますスピードを落として、やがて停車した。

ガヤガヤガヤ……

レベッカは小さな町だ。あたりは旧・伯爵領の農業地帯で、この魔法鉄道はセーユ文化圏都市部への作物供給のために敷設されたものである。だから主に貨物の積み降ろしの盛んな駅であって、普段は人もまばらだという話だった。

ところが、近頃ここら一帯にゴブリン種が大量発生して農民を襲い、作物を荒らすようになっているということで少し事情が違うらしい。つまり臨時クエストが多発して、新興パーティらしき連中が多く駆けつけているのである。

「今度こそ仲間が見つかるといいな」

そんな駅前を眺め、クロスがそうつぶやく。

そう。俺たちふたりはようやくクエストで勝てるようになってきたところで、『そろそろ仲間を増やそう』という段階（フェーズ）にあるのだった。

「でも、どんなヤツでもイイってわけにはいかないからな」

「わかってるよ。気の合う仲間じゃないと」

そうクロスの言うのにも異論はないが……

まず第一に勇者の職性に匹敵（ひってき）する才能の持ち主でなければならない。中途半端（ちゅうとはんぱ）な才能を仲間にしても、すぐに冒険についていけなくなるだろうからな。

それでいて、まだその才能を発揮できていないヤツでなければならない。どんなに才能があっても、すでにランキング上位の者が、駆け出しの俺たちと対等な仲間になってくれるなんてありえねーし。

だからこそ、最近はこうして世界中のいろいろな町をめぐり、未（いま）だ発掘されていない才能を探しているというワケなのだった。

「そこらへんはエイガ、お前だけが頼りだぜ」

「へへっ、わかってるって。とりあえず冒険者の集まりそうな酒場にでも行ってみるか」

「うん」

「まあ、そんな簡単に見つかるもんじゃねーだろうけど……」

などとつぶやきつつ【女神の瞳】を開きっぱなしにして少々混みあった駅前の道へ足を進めたときだった。

ぷりんッ♡……

ふいに肩で誰かとぶつかってしまい、少しよろめく。

「とっとと、あ、すみませ……」

謝りながら半身に振り返った瞬間、ふわっとした甘い香りが薫って、黄金の髪を耳へかける女の姿が目に入った。

「いえ、こちらこそごめんなさい」

女はそう言って赤いメガネを正し、その奥の青い瞳で少しこちらをのぞく。

「ッ……！」

「?」

俺がなにも言えないでいるので彼女は不思議そうに首をかしげると、三つ編みをヒラリと翻し行ってしまった。

「……いた」

「え?」

「おい、クロス。あの女だ」

俺は向こうへ歩いて行く金髪(ブロンド)の三つ編みを指さす。

「あの娘(こ)がなに？」

「声かけよう。仲間にするんだ」

「エイガお前さ……」

と、しかし、クロスはため息をつく。

「確かに可愛い娘(こ)だったけど、そーゆうので冒険の仲間を選ぶのはよくないと思うよ」

「ちげーって！　コレがコレなんだよ」

俺は自分の眼を指さし、ジェスチャーする。

「え？　マジ？」

「間違いない。すげえ才能だよ。お前の【勇者の職性】に遜色(そんしょく)ないほどな！」

「そ、そうコーフンすんなって……。あっ！　あの娘(こ)行っちゃうぜ」

「チッ、追うぞ」

そう言ってサングラスをかけると、俺たちは金髪三つ編みの舞う姿勢のよい背中を追った。

石畳の道に響くハイ・ヒールの音(ね)。

レベッカの街並みは、白壁に赤い屋根の素朴な民家が連なり、路地は細く入り組んでいて、個人商店や民宿が隠れ家のように散らばっているという感じ。

俺たちふたりはそんな白壁の影に隠れては尾行し、女が町角を曲がるたびにダッシュしてはまた尾行（つ）けた。

「なあエイガ」

「ん？」

「こういうとき、どーやって誘うのがいいんだろ」

と、サングラスから目をのぞかせるクロス。

そう。俺たちは実際にこちらから仲間に誘うだなんて初めてのことだったのだ。しかも女。具体的にどう勧誘すればいいか正直よくわからない。

「……それは今考えてるから。とにかく見失わないようにしよう」

俺はそう言ってクロスの腕を引き、とりあえず尾行を続けた。

さっ……ササッ……

気配を消して慎重に追う俺たち。

彼女は時折立ち止まっては地図を広げるので、この町に来るのは初めてなのだろうと想像がついた。今この町にやって来るということは十中八九すでに冒険者であると見て良い。ノースリーブの華奢な肩から伸びる両腕（かいな）には『ひとり冒険者にしては細腕じゃないか？』とも思わせられたが、路地を行く颯爽（さっそう）とした足取りに合わせて、キツめなスカートに映る真面目（まじめ）そうなお尻のツンっと釣り上がった肉感を見るに、体術にはしっかりと取り組んでいるようにも思われた。

とは言え、女神の瞳によれば、彼女の天賦（てんぷ）の才は支援魔法にある。

キュイーン……

【潜在職性：　支援系魔導士】

支援系はとりわけひとりで冒険するのには不向きな才能だ。仲間の能力を引き出したり、守ったりする能力だから、仲間がいてこそ発揮される才能のはずである。ひとりではその力の10分の1も発揮されないだろう。逆に仲間がいれば、これほど貢献度の高い才能もないとも言える。

さらに、その『引き出す仲間の能力』がクロスの【勇者の職性】だったら……と考えると育成者としての食指が動きまくりである。クロスとこの女の成長が【祝福の奏】で倍化すれば、パーティとしての力はまさに累乗的に上昇していくことに……ふっひっひ。

「あ！　見ろエイガ」

さて、そんなふうに皮算用をたくましくしていると、女はプイっと店へ入ってしまう。

「くっ！」

俺たちは急いで店先まで走り看板を見た。

むっ……喫茶店か。

「俺たちも入ろう」

「うん」

チリンチリン♪

「いらっしゃいませ！　2名さまですか？」

「ああ……。って、あれ？」

しかし、あとから入ってみると店内に女の姿がない。

「お好きな席へおかけください」

「あ、ちょっと待ってくれ。ええと……」

「エイガ、あっちだ」

軽くあせるが、クロスが中庭のテラス席に赤いメガネの横顔を見つけてくれてホッとする。

「よし、ここで話しかけよう。一緒の席に座るんだ」

「お……おう」

そういきり立つものの、なんかドキドキしてきて足が進まない。

「あの、お好きな席へ……」

とウエイトレスも急かしてくる。

「ああ、ごめんね。もうちょっと待ってね」

だが、クロスがやさしく言うとウエイトレスは「は、はい……♡」と顔を紅潮させて控えてくれた。うむ、さすがクロスだ。

「クロス。こういうのはさ。今みたいにまず第一印象が大事だと思うんだ。笑顔で親しみやすい感じでいこうぜ」

「よ、よし、笑顔だな。でも……それだけじゃなぁ」

と、不安げなクロス。

「だったら、なんでもいいからとにかく『褒め』から入ろう。なんやかんやで褒められてイヤな気持ちのする女なんていないらしいからな」

「おお、それは具体的じゃん。エイガお前、そんなんどこで覚えたの？」

「……俺らのふたつ上にウェーイ先輩っていたろ？」

「あの人気者の？」

「そうそう。あの人が言ってたんだよ」

「じゃあ最初は先輩みたいな軽い感じでいけばいいのかな」

「だな」

そう決めるとウェーイ先輩の人気者パワーが俺たちに宿った気がして、なんだか勇気が出てきた。

ガラ……

意を決してテラス席へのドアを開ける。

……チュンチュン
小鳥のさえずる中庭。他に客はない。あの女だけがひとりキラキラした陽射しの中でティーカップに手を添え、文庫本へ目を落としていた。

「ねえ」

そこで、まず俺がそう声をかける。

「……？」

女はハッと顔をあげると、伏せていた眼を少し驚いたように見開かせた。

宝石のような青い瞳がまざまざと俺を見ている。

「キミ、席一緒しない？」

キラーン☆

俺はサングラスを外しざまに笑顔でそう言った。

「すげえ美人さんだよね」

今度はクロスがさわやかな笑顔で登場だ。ああ、『褒め』から入るんだったな。

「そのメガネ似合ってるよね。すげえ知的」

と、俺。

「金髪の三つ編み、地毛？」

「お人形さんみたいだね」

作戦どおり次々と褒めていく俺たち。テンポもイイんじゃねーか？

「……ねえ」

「ん？　なになに？」

ようやく反応してくれたのでホッとする俺たちだったが、女はつれない所作で金髪（ブロンド）へ手櫛（てぐし）を入れて、

「あなたたち、悪いけど消えてくれる？」

と冷たく言い放った。

「へ？……」

「3秒以内で」

女はお行儀よく並んだ乳房をツンっとそっぽへ向けると、視線を文庫本へ戻して、もうこちらを

見ようとはしなかった。

「あ、その、えっと……」

「す、すいませんでした（汗）」

なんかすげー恥ずかしい！

俺たちは背筋が凍りつく思いで、大慌てでテラス席から逃げた！

ドタドタドタ……

「ぜーぜー」

「はーはー」

「ぷっ（笑）ぷぷぷ……あの、お好きな席にどうぞ♪」

ウェイトレスがまだ席を勧めてくるので、俺たちは店内の端っこにちょこんと座り、小さくなって顔を赤くする他なかった。

◇

レベッカの町に来て10日がたった。

さすがにバイトが必要なほどではないものの、俺たちはまだまだその日暮らしに近い身分である。

『仲間探し中』と言っても、クエストをこなしてモンスターを倒しながらでなくてはすぐに宿代もなくなってしまう。

まあ、そのクエストの方はそこそこ順調にいっていったけどな。クロスも最近ようやく勇者の才能を発揮し始めているので、もはやパーティ結成当時のスライムにさえ苦戦していた俺たちではないのだ。ここらに出現する通常のゴブリン種、グリーン・ゴブリンやイエロー・ゴブリンならば余裕で倒せるし、たまに同系上位種のレッド・ゴブリンに遭遇しても丁寧に戦えば問題はなかった。

つまり、戦闘は連戦連勝。10日で近隣の村ふたつを救い、獲得アイテム、報奨金で毎日の酒代にも事欠かなかった。

ところで、クエストのある場所には、ほぼ必ず冒険者の集う酒場というものがある。たぶん、それは元々普通の酒場であったものが、自然発生的に冒険者が集うようになるからだと思うが……とにかくレベッカの町にもそういう酒場があった。

ガヤガヤガヤガ……カツーン……ワイワイ……

俺たちはクエストをこなすと祝勝会も兼ねて酒場へ才能を探しに行くのを日課にしている。しかし、才能なんて簡単に見つからないので、結局は酒を煽るばかりだった。

「あ、見ろよエイガ」

そして、『冒険者が集まる酒場』なのであるから、当然、あの三つ編みの女が現れる日もある。

「！……っ」

しかし、女の方は俺たちに気づくと『ぷいっ』という感じでそっぽを向き、目も合わせてくれない。なんとかもう一度声をかけてみようと思うのだけれど、俺たちがテーブル席に行けばカウンター席へ、カウンター席に戻ってくればテーブル席へ……というふうに完全に避けられて取り付く島もなかった。

「……この前のあれ。もしかして、ナンパだって思われたのかなぁ」

カウンター席に戻って来ると、そんなふうに落ち込むクロス。

「そうかもな……」

クロスが落ち込むと、なんだか俺も気分が沈んでくる。

「チャラいヤツらって思われたかも」

「真面目そうな女だったからな。きっと軽蔑されたんだ」

「トホホ……」

今思えば、変に策を弄してカッコつけるよりも、最初から『仲間になってほしいんだ。俺たちと一緒に冒険しよう』と率直に言った方がよかったのかもしれない。

しかし、もう遅い。なにもかも……

「お客さん。飲みすぎは困りますぜ」

こうしてグイっとグラスを傾けると、ちょび髭のバーテンに注意される。

「別に飲みすぎちゃいねえよ。ヒック……。もう一杯」

バーテンはため息をついて、グラスへ酒を注ぎ、差し出した。

「やれやれ。そういえばお客さんら、新しい仲間を探しているんでしょう？」

「ん？　まあな」

「じゃあ、いっそのこと【紅のブラッド】の臨時サポート・メンバーに参加してみたらどうですか？」

「あ？　なんだそりゃ」

チリンチリン♪

「おっ！　ちょうどイイ。ほら、あれですよ」

バーテンが指をさすと、６人組の男たちがぞろぞろと店に入ってくるのを見る。けっこう雰囲気のある連中で、とりわけ中央の紅いモヒカンのヤツが目立っていた。

「みんな‼　ちょっと聞いてくれ！」

そのモヒカンがまず大きな声で怒鳴り、ざわざわと酒場の注目を集める。

「何度も告知しているが、俺たち紅のブラッドは【ロック山】を攻略しようと考えているんだ！そこで臨時サポート・メンバーを募集しようと思う！」

ロック山はゴブリンたちの巣になっていると見られていて、最近のここら一帯のモンスター増殖の最大の原因になっている――と考えられている岩山である。

「俺たちと一緒にロック山を攻略すれば一気に名を上げることができるぞ！　我こそはと思う者は名のり出てくれ！」

ざわ、ざわざわ……

ざわめく酒場。しかし、サポート・メンバーに名乗り出る者はなかった。ロック山はまだ『出現モンスター』が特定されておらず危険だ、ということをみんな知っているのだ。それなりの実力があっても、その実力をはるかに超える敵が現れたらどうにもできないからな。とりわけ初中級の冒険者にとって、出現モンスターの特定は超重要なものなのである。

「エイガ。アイツらどーだ？」

と、クロスが尋ねるので、俺は【女神の瞳】を開く。

「放っておこうぜ。無鉄砲すぎるし、大した才能でもない。……マスター、もう一杯」

そう言ってまたカウンターの方へ振り向きかけたときだった。

ざわ‼……

ふいに店内のざわめきがドッと波打つ。誰かサポート・メンバーに志願したらしい。

「なんか用かい？　おねえちゃん」

「……おねえちゃんはヤメて。私はティアナと言うの。ロック山の攻略に参加希望するわ」

と思ったら、それは三つ編みの女だった。

「こりゃまたずいぶん」

ピュー♪　……っと、紅のブラッドのメンバーが口笛を吹き、女の美しさを称える。

「そんな細腕で戦闘についてこられるのかよ」

「きっと力になってみせるわ。このままロック山を放置しておけば一帯の農家の人たちが暮らしていけなくなってしまうもの……」

ふーん。この女、そういうヤツなのか。

そう思いながら俺はタバコへ火を付けて、事の成り行きを見守る。

「なるほど、レベル3魔法を2つ、レベル2魔法を7つ……」

しばらく彼らは面接めいたことを行い、女の使える魔法やら、倒したことのあるモンスターなどを尋ねていた。

外から聞けば、女の使える魔法はやはり支援系魔法が多い。感覚的にか自分の才能に気づいているのか、自然とそうなったのか。

「なるほどねえ……」

さて、モヒカンはある程度まで聞くと内容を総合するように鶏冠(トサカ)でペンを研(と)いでいたが、

「よし、わかった」

と、けっきょく女を採用することにしたらしい。

「攻略は3日後。よろしく頼むぞ」

「ええ」

こうなると、美女が仲間になったということで紅のブラッドの連中はにわかに活気づく。

「ヒャッハー！」

「今夜は飲もうぜ！」

「オレたちがおごってやるからさ」

すると、女は例のごとく髪へ手櫛を入れて、

「……そう。じゃあ、カジツ・オレンジをいただくわ」

と注文し、さりげなく酒を断っていた。

「さて、と」

で、そんな経過を見ていた俺は頃合と思い、灰皿へタバコをひねり潰す。

「ちょっと待った！　俺たちも！」

「エイガ？」

隣のクロスが急なことで慌てるが、その肩をガシっと組み、俺はもう一度言った。

「俺たちもサポート・メンバーに参加させてくれよ！」

すると、クロスも『ああ、あの女を仲間にする作戦だな』と理解したようだ。ふたりして紅のブラッドのたむろする席へ進んで行く。

俺たちがニヤリと不敵に笑いながら近寄ると、紅のブラッドのメンバーはざわめき、オレンジジュースを飲む女は眼鏡の縁へ指を当ててそっぽを向いていた。

「お前ら。最近ここらにやってきたってウワサのふたり組だな？　腕の方は確かなんだろうな？」

モヒカンは俺たちを品定めするように睨む。さすがにパーティのリーダーだけあって雰囲気がある。

「ふっ、もちろんさ」

俺たちはなんとかナメられないように堂々と胸を張っていたのだが、その時。

「あれ？　エイガじゃないか！」

思いがけず、紅のブラッドのうちのひとりがそんなふうに声をあげる。

「？」

「僕だよ。ロイだよ。魔法大学校で一緒だった」

少し『誰だったか』と悩んだが、すぐに同じ魔法大学校へ通っていた元・同級生だと思い出す。

「知っているのか？　ロイ」

とモヒカン。

「リゲロさん。はい。彼は学生時代の友達でとても優秀だったんですよ。唯一僕が一目置いていた同世代で、なんでもできちゃうヤツでした。今思えば……あれがライバルってやつだったのかなぁ」

「ほう、ロイのライバルか」

魔法大学校時代の俺にライバルなんていた覚えはないけど……コイツも冒険者になっていたんだな。初めて知った。

「じゃあロイの推薦ということで、お前らをサポート・メンバーと認めてやろう」

正直言ってロイはあまり気の合うヤツではなかったが、こういう繋（つな）がりが役に立つときもあるんだな、とは思ってやったのだが……

「あ、ちょっと待ってくださいリゲロさん」

「ん？」

「サポートに入れるんならエイガだけにしましょう」

⁉

「確かにエイガはすごいヤツだったけど、クロスのヤツは落ちこぼれです。きっと役に立ちませんよ」

「っ……‼」

ロイの言葉に、クロスの顔から血の気が引く。

「そうだろ？　クロス。ほら、なんだっけお前のアダ名。『エイガのおまけ』だっけ？」

ぷっ……

と誰かが噴き出すように笑った。

「クククっ、おい。やめとけって」

誰かがそれをたしなめる声も聞こえてくる。

くっ……。

俺は握った拳をギリギリと軋ませるが、手を出せば作戦が台無しになる……

ボこぉ!!

が、気づくとその拳はロイの頬へメリ込んでいたのだった！

ドカドカドカ……ガシャーン！

「ううう、痛え、痛えよー。なにするのぉエイガくん……」

魔法大学校時代の口調に戻るロイ。

いっけね。殴っちゃった。

ま、いっか。

「てめえこの野郎！」

「なにしやがる!!」

しかし、これを見ていた紅のブラッドの他のメンバーが黙ってはいない。

「喰らえ！」

うぷっ……！

モヒカンのボディ・ブローが俺の鳩尾（みぞおち）へと突き刺さる。

「ううう……んなろっ！」

俺は反撃をしようと腕をあげるが、
バキッ！　ドカッ!!

6対1じゃ袋叩きだ。

ヤバイ、やられる……

「こらー！　エイガを殴るな!!」

しかし、すぐさまクロスが参戦してくる。

よし、これで勝てる……

ドカッ！　バキッ!!　ドスっ！

と思ったが、6対2でも袋叩きだ。

「きゃぁあああ！」

「よっしゃ♪　やれ！　やれ！」

悲鳴とテンションあがって囃し立てる野郎の声が交錯する。

ケンカが起こって活気づくのは、冒険者の集まる酒場ならではであろう。

ガシャーン！　……バリーン!!

なんて悠長なことを考えている場合ではない。

俺は意地でも3発殴られるうちに1発は返そうと暴れた。横を見ればクロスも同じように奮闘している。

だが、もちろんそれではダメージ負けして、いつかはKOだ。

「くそ……おらぁ！　……ぶへっ（汗）」

やがれ意識が失われて行くとき。ふと、赤い眼鏡越しに青い瞳がパチクリとこちらを見ているのが視界に入った。

ちくしょう。またカッコ悪いじゃんよ。


……

…………


「すまん……お前まで殴られたよな」

「ててて っ、いや。別にこんなのなんでもねーよ」

店を叩き出された俺たちは、ボロ雑巾のように路地へ倒れ込んでいた。雨が、小雨ではあるものの、したたかに降り注ぎ、傷口に染みる。

「でも、これで紅のブラッドの臨時サポート・メンバーになるのは無理だな」

とクロス。

「いいさ、あんなヤツら。どーせたいした才能でもなかったし」

俺はそう言いながらタバコに火を付ける。鉄さびを噛んだような血の味が煙状にモワっと広がった。

「フー……。でもやっぱあの女は諦められないな。仲間にするならアイツしかいない」

「だな」

「……止めないのか？」

「こういうときのエイガは止めたって聞かねーだろ。それにあの娘。農家の人たちの暮らしのために、あんなヤツらのところへも入って行くなんて……けっこうイイ娘じゃん♪　気も合いそうだよ」

「ふふっ。そっか」

そう言ってなんとか立ち上がると、俺たちはフラフラと肩を組んで宿まで帰った。

◇

3日後。『いよいよ紅のブラッドがロック山へ攻め入る』というので町の冒険者たちはにわかにざわめき、噂しあっていた。

「……だいじょうぶかな」

ふと、クロスがつぶやく。

「なにが？」

「ロック山はまだ出現モンスターが明らかになっていないってギルド出張所が言ってただろ？」

「でもヤツらが自分で行くって決めたんだ。なんかあっても、そんなの自己責任じゃん」

「いいのかよ、エイガ」

「あ？」

「ヤツらが行くってことは、あの娘も行くってことだ。心配じゃないのか？」

「……わかってるよ」

そんなふうに街角でしゃべっているときだった。

「あ……」

ちょうど通りかかった掲題の女――ティアナとか言ったっけ――が、俺たちの顔を見て小さく声をあげる。

「おい！　あんた……」

とっさに声をかけようと踏み出しかけたが、すぐに紅のブラッドの面々も一緒だということに気づき、ザッっと足が止まる。

「っ！」

「ケッ……」

「ペッ」

ヤツらは俺たちに気づくと、顔をしかめたり、地面へ唾を吐いたりして、めいめいに嫌悪感を表現してきた。

俺とクロスも負けじと睨んだ。血管がぶっちぎれるほどな。

「チッ……お前ら、そんなヤツらほっとけ。これからクエストなんだ。集中しろ」

しかし、モヒカンがそう言うと、ヤツらはみな舌打ちしながら目を切り、めいめい魔動バギーに乗り込んだ。

ブルルン！　ルルルルルル……!!!

鳴り響くバギーの魔動音。

「な、なあ。あんた……」

最後に背中を向けた三つ編みへ、俺はすがるように呼びかける。

「……なに？」

「どう考えても危険だ。出現モンスターが特定できていないんだからな。部外者のあんただけでもクエストから抜けた方がいい」

「そうはいかないわ。このあたりはもう収穫の季節よ。ロック山の攻略が1日遅れれば遅れただけ、この地方の人たちの暮らしは苦しくなるの」

「それはそうかもしれねーけど。でも、だからと言ってあんた自身をぞんざいに扱っていいってことにはならないんじゃねーの？」

そう言うと女は少し振り返り、赤いメガネ越しに俺を見た。

だが、この問いは無視して、

「……そう言えばあなた。このあいだはだいじょうぶだったかしら」

と、別のことを言い出した。

「このあいだ？」

ああ、酒場でのケンカのことか。

「ひょっとして、心配してくれたのか？」

「勘違いしないで。ただ……」

ふいに黄金(おうごん)の鬢(びん)がふわりと風にはためくので、女はたくみにそれを細い指に絡(から)めながら、続ける。

「私、あのときはあなたたちの方を応援していたから……少し気になっただけよ」

それはかなり意外だ。

「……へえ？　あのとき、先に手を出したのは俺の方だけど」

「先に手を出した方が必ず悪いとは限らないわ」

「へ、へへっ……あはは、お前面白いヤツなんだな」

俺がそう言って笑うと、女もかすかに笑った。

「おい、ティアナ！　行くぞ」

そんなとき。バギーの上のモヒカンが怒鳴る。

「ごめんなさい。じゃあ、もう行くわ」

「あ！　おい……」

初めて会話が成立したと思いきや、結局、彼女は危険クエストへついて行ってしまった。

ブルルルル……ルルルルン……ルン…………

バギーの魔動音は遠ざかって行く。

「……クロス」

「ん？」

「追おうか」

「ふふふっ、だな」

俺たちはやれやれというふうにガシっと拳をぶつけ合った。


さて、いかに俺たちでも、走りで魔動バギーに追いつくことはできない。また、バギーなんて急に用意することもできない。

そこで、すぐに調達可能だった馬を借りてヤツらを追うことにした。

パカラッ、パカラッ、パカラッ……

馬の首を二頭並べて麦畑を走り抜ける俺と勇者クロス。

ヤツらの姿はもう見えないが、ロック山の場所はわかる。

ヒヒーン！　……ヒヒーン!!

こうしてレベッカの町から2、3時間ほど馬を走らせると黄土色にトゲトゲと連なる岩山が見えて来た。ロック山だ。その麓でちょうど連中が魔動バギーから降りてメシを食っているところなのも小さく見えた。

ヒヒーン！……

俺たちは慌てて手綱を引く。そして、近くの岩陰へ馬を繋ぎとめて隠した。

「いいか。危険がなければそのまま放っておけばいいんだからな」

「わかってるよ。逆に危険があればあの娘だけはなんとか助けて他は放っておけばイイや作戦、だったな？」

そう言ってクロスは気配を消した。確かにそうしておいた方がいいな……と思い、俺も気配を消す。

岩場で尾行するのは、町中での尾行より数倍難しい。人の気配が他にないし、特にこのあたりは土と岩ばかりでほとんど緑がないので木陰に隠れることもできない。影のひとつでも尾行に気づかれる。細心の注意が必要だ。

「……」

こうしてしばらく岩陰から覗いていると、昼メシが終わったようで、ヤツらはいよいよロック山へと足を踏み入れていった。

シュン、シュンシュン……

すばやく岩陰から岩陰へ飛び移り、俺たちもそのあとを尾行ける。

ギキャー、キシャー！……

するとすぐさまゴブリンが現れ、次々と戦闘が開始された。エンカウント率も高く、尾行する側としては助かるが、やはりただならぬ気配の漂う山だ。

「エイガ。こうして見るとあいつら、けっこうやるじゃん」

とクロスの感想。

確かにヤツらはよく戦っていた。ここではゴブリン種でも上位種であるレッド・ゴブリンばかりが頻出する。俺たちでも決して楽には倒せない敵だ。ヤツらはそんなレッド・ゴブリンを次々と打ち伏して進んでいたワケだが、しかし……

「クロス、よく見ろよ」

「え？」

「あいつらが強く見えるのは、あの女が的確に支援魔法を繰り出しているからだぜ」

そう。使う支援魔法そのものはまだレベルの低いものだが、敵味方の戦闘全体を見て、『どこの守りを堅くし、誰の攻撃力を高めるべきか』を毎秒に判断し、的確にサポートしている。ヤツらはさぞかし戦いやすさを感じているだろう。

「ヒャッハー！」

「今日は調子がイイぜ!!」

しかし、ヤツらそこらへんのことを全然わかっていないようである。

「リゲロさん、この調子で今日中にロック山攻略と行きましょうよ」

とロイ。

「そうだな」

「しかし、あの女。後ろで突っ立てるだけで役に立ちゃしないですねえ」

「わっはは。まあ、そう言うな。ああいうルックスのイイ女がひとりいるだけでパーティとしては箔がつくもんだ。ここの攻略が終わってもしばらくは仲間にしておいてやろう。どうやら足手まといにはならないようだしな」

「なるほど。さすがリゲロさん」

つまんねーヤッら。モヒカンはもう少しまともかと思ったんだけど。

とは思ったが、その後もヤツらは順調に戦闘をこなしてはいった。ただ、この山が一帯のモンスター増殖の原因になっているということは、おそらく奥に『ボス』がいるはずである。ヤツら、攻略というからには当然ボスを倒そうとしているのだろう。

ザッザッザ……

6人+1人はさらに岩を越え、土を踏みしめ、川を越えて、ロック山の最奥へと進んでいった。

俺たちもしぶとく尾行けていく。

そんなときだった。

ゴオオオオ……!!

レッド・ゴブリンのさらに上位種、ビッグ・ゴブリンが現れたのは。

「エイガ!……」

とクロスが俺の袖を引くが、しかし……

キーン！　ドスドス……バキーン！　ボッ!!……

見ていると紅のブラッドのメンバーもそれなりの戦いをしている。女の支援魔法も効いてなかなかイイ勝負になっているのだ。

「少し様子を見よう」

「でも……」

クロスは少し不満そうだが、ここでヘタに手を出せば却って女に危険が及ぶかもしれない。ヤツらでボスを倒せるなら別にそれでもいいのだ。

キーン！　……ボッ!!　……キン！　キン！

ゴオオオオ……オ
こんなふうに様子をうかがっていると、意外なほどあっけなくビッグ・ゴブリンは打ち滅ぼされた。

「ヒャッハー！」

「ミゲルさん！　やりましたね!!」

「ふふふっ、予定どおり作戦が嵌ったな。これで紅のブラッドの名も世に知れ渡るだろう」

どうやらヤツら、あらかじめ『ボスはビッグ・ゴブリンだろう』とヤマを張って対策を立てていたようだ。まあ、そこらへんは見事である。

「くそー」

「しょうがねえって。アイツらの運がよかったというまでさ」

そう言って悔しがるクロスの肩をポンっと叩いたときである。

ドスーン……ドスーン……

なにやら不穏な足音が聞こえてくる。なんだ？

「み、みみ……ミゲルさん。あれ……」

「……なんだありゃ」

そのとき、岩陰からなんかでっかいのが現れた。

形状は確かにゴブリンであるものの、ビッグ・ゴブリンをはるかに超える巨軀。成人男性の2〜3倍ほどはあるだろうか？　過剰とも思える筋肉にフサフサと体毛が生え茂ったルックスはあまりに異様だ。

あれは……【キング・ゴブリン】じゃないか⁉

ビッグ・ゴブリンの上位種であるクイーン・ゴブリンの、さらにもうひとつ上位のゴブリン種。まさにゴブリンの王。この岩山にこんなヤバいヤツがいたのか⁉

「クロス！」

「おう！」

迷うことはない。ヤツらがキング・ゴブリンにやられているうちに女だけ連れて逃げよう。そう足を踏み出そうとしたのだが……

ドンドンドン！

キング・ゴブリンがたくましい胸をドラミングし、威嚇（いかく）すると、

「ぎゃー」

「逃げろー！」

と、紅のブラッドのメンバーたちは蜘蛛（くも）の子を散らすように逃げていった。女を助ける間もない。

「ッ……‼」

しかし、ひとりだけ逃げない勇敢なヤツがいる。厄介なことに、それがあの女自身だった。

彼女は赤いメガネをキッと光らせると、魔法のステッキを掲げてキング・ゴブリンへ向かって行く。

ダッ！……

「なにしてんだ！」

思わず悲鳴を上げる俺。支援系魔道士が前線でひとりでは格好の餌食だ。

ドンドンドン！……

「ウホ‼」

巨大なキング・ゴブリンの腕が、女の肩を薙ぐ。

「きゃっ……」

ズザぁ……‼

「っ……うう」

吹っ飛ばされた女はあえなく膝をついた。よほどダメージを喰らっているのだろう。いつもは決して隙を見せないスカートの股間から▽型にむっちり白いパンツをのぞかせていた。

いけない！　このままでは女が死んでしまう……。

「おい！　ゴブリン野郎！　こっちだ‼」

俺はなんとかキング・ゴブリンの注意をこちらへ引き付けようと、ぴょんぴょん飛び跳ねて挑発する。

「あ、あなた……」

「ウホ？」

「……キラド‼」

ヤツが振り向いたので、俺は覚えたてのレベル2魔法キラドを放った。現状、俺の使える魔法で最強の攻撃魔法だ。

ボオオッ……‼

「ウホ？　ウホッホッホ♪」

ちくしょー、あんま効いた様子がねえ（泣）

でも、注意をこちらへ向けることはできたぞ。

ただ、勝算はまったくねえけど。どーしよう……。

「おらあああ！」

と、思ったとき。勇者クロスが俺の頭を飛び越えて、あっという間にキング・ゴブリンへ剣を振り下ろしていた。

ガキーン！

「ウホ……ウっ」

クロス？　なんて跳躍力だ。最近のコイツの成長は毎日一緒にいる俺でもちょっと計り知れないものがある。今の打撃も、キング・ゴブリンはちょっと痛そうにしてたし。

ひょっとしたら行けるんじゃねーか……。

「ウホッホ！　ウホ!!」

「うああっ……!!」

と思ったが、さすがにそこまでウマい話はなかった。俺の足元へ吹っ飛ばされて来るクロス。

「クロス！　だいじょうぶか？」

「ううう……強え。エイガ、どうしよう」

「まあ、逃げるしかねーわな」

「でも、あの娘どーすんだよ」

クロスはあちらでまだ膝をついて立ち上がれない女を指さす。

「だから、こっちへついて来るように逃げるんだ」

「なるほどな。おびき寄せるってワケか」

「行くぞ」

「おう」

ダッ……！

俺はキラドを放ちざまにすぐに駆けだした。

「ウホ！　ホッホ」

すると、キング・ゴブリンは俺たちの方を追ってきてくれる。そこらへん単純なヤツだ。

ドスーン、ドスーン、ドスーン……

身体がデカイので動きが鈍くあってほしいと思ったが、そういうワケにはいかないようだ。パワータイプのクセに意外にも俊敏で、マジ厄介である。

それでも、さすがにスピードはわずかに俺たちの方が勝っているようだ。

俺たちは逃げては攻撃し、攻撃しては逃げてとキング・ゴブリンを女から離すことに成功する。

「よし、ここまでくればだいじょうぶだろう。そろそろ撒くぞ」

「おう！」

と言ってひと岩越えようと思ったときだった。

ガラ……パラパラ
「⁉」

俺たちが逃げて来た先が、ちょうど崖の先に至っていたことを知る。でも、引き返せばキング・ゴブリンにやられてしまう。

「……ここを飛び降りるしかねーな」

「正気かよ⁉」

とクロス。

「見ろ。下は川だ。この高さでも死にはしないさ」

ゴーゴー……

まあ、川はすげー急で、危険には違いないがな。

「なるほどな。しかし、ひとつ問題がある」

「ん？」

「オレは泳げねーんだ」

と青ざめるクロスの顔を見て、俺も血の気の引くのを感じた。

「ウホ？　……ウホ！　ウホホホホホ!!」

ドンドンドン！

そうこうしていると、キング・ゴブリンがドラミングして追いついてくる。

「……」

俺とクロスは2、3秒顔を見合わせたあと、

「わっはっはっはっは！」

「あっはっはっはっは！」

と笑い、そして崖から飛んだ！

◇

崖は思ったよりも高かった。それはスローモーションのようで時間を長く感じたからかもしれない。

「っ！　っ！　っ！……」

落ちて行く腰の感覚は精通の浮遊感にも似ている。

理性という理性がヒューズしてしまうような落下の嵐（あらし）の中で、崖の上のキング・ゴブリンがおそれて崖から後退していくのをかろうじて認めた。

バシャーン!!……

続いて、川の水面へ打ちつけられる衝撃！

瞬間、気を失いそうになるのをキッと堪（こら）える。俺が意識を保っていなければクロスを助ける者がいなくなってしまう。アイツは『エイガが絶対に助けてくれる』って信じて泳げない川へ飛び込んでくれたはずなのだ。

ボコボコボコ……ブクブク……

流れが速い。が、水中で身を翻（ひるがえ）しつつ、なんとかクロスの姿を見つける。

（クロス……）

俺はクロスのズボンをハシっとつかみ、こちらへ引き寄せた。よし。このまま水面へ上がろう。

そう思ったときだ。

（ぎッ!!　……う、ううう）

腹に猛烈な激痛が走る。なんだ!?

見ると、鰐（ワニ）型水中モンスター【青クロコダイル】が俺の腹へがっぷりと牙（きば）を突き立てているではないか!?

力が強い。これじゃ水面へ上がれない。

（すまんクロス。……ウィンド!!）

俺はクロスの身体へレベル2の風魔法【ウィンド】を当てた。風系攻撃魔法を喰らったクロスの身体は水中をスクリュー状に上昇し、水の天井(てんじょう)を突き抜け、大きな光の波紋を広げた。

よし、クロスは地上へあがったようだ。

ブクブクブク……

しかし、青クロコダイルはまだ俺の腹へ喰らいついている。

痛てぇ!!……なんとかしねーと。

ヤツの弱点は眼だ。俺は牙を立てるのに夢中な敵の眼へ氷系魔法【ヨルド】を放った。

バキ、バキバキバキ……

ヨルドはレベル1魔法だが、水中での氷系魔法の威力は倍化する。それも至近距離で弱点に喰らったので、青クロコダイルはたまらず俺の腹から牙を離した。

……ごぽごぽごぽ

よし！　俺も水上へ……

と、思ったがヤバイ……血を……失いすぎ……

……

…………

どれくらいの時間がたったのだろう。

どうやら意識は取り戻したようだった。しかし、腹へのダメージの激痛でまた気を持っていかれそうだ。内臓までやられている感じがする。

ヒューハー、ヒューハー……

ヤバイ……死んじまうじゃねーか。

呼吸はかろうじてできているので水中ではないようだけれど、どういう状況だろう？

「しっかりして」

と声がかかる。誰かいるのか？

だが、身体を動かす力がなく、返事もできない。まるでただのしかばねのようだ。

「……」

生きていることをアピールしようと瞼(まぶた)だけはなんとか半分開くと、青空のこちらでぼんやりと女の顔が見える。赤いメガネをはずしているので一瞬誰かと思ったが、あの金髪(ブロンド)三つ編みの女だった。

ポタ、ポタ……

若々しく美しい頬の曲線から水が滴(したた)り、俺の頬へピタリと落ちる。

もしかして、コイツが川から助けてくれたのか？

「ひどい……」

女は俺の傷口を見てか眉を下げると、紫色のガラスの小瓶(こびん)を傾けてなにか口に含んだ。

そして、髪を耳へかけながらおもむろにこちらへ顔を近づけてくる。

なんだ？　えっ……え!?

すると心の準備の間もなく、女の唇が、俺の唇へぷちゅっ♡　とふれた。唇は形がよく、やわらかくてあたたかいが、ムっと押し付けてくるのでお互いの歯がカチカチとぶつかる。やがて、にゅるっとした女の舌がその俺の歯をこじ開け、口の奥へ少しずつ冷たい液体が入ってきた。

ぷちゅる……ちゅるるる

ちょっと恐ろしい気がしたが、生理反射で喉が動いてしまう。

コク、コク……コク………パアアアアア☆

あ、回復してる。液状回復薬だったのか。

そう思っていると、女は再び小瓶を傾けてポーションを口に含んだ。

「……っ……よ……せ」

と搾り出すように言うが、女の尖った口はまた俺の口を塞いだ。

「もっ……っぷ……んん」

抵抗する力のない俺の口は、女の口から流しこまれるがままにポーションを摂取する他ない。女は唇を離すと傷口を確認し、またポーションを口に含んでと繰り返す。

「ぷはっ……はぁはぁ。な、なにをする……だ」

ようやくちゃんとした声が出せるほどに回復すると、俺は袖で自分の唇をゴシゴシぬぐいながら少しだけ身を起こした。

「ごめんなさい。気管へいってしまう可能性もあったけれど、ケガが緊急を要したから……」

「そ、そうことじゃなくて！　……いぎッ!!」

「まだ治りきっていないんだわ。飲んで」

そう言って女は小瓶を俺へ手渡す。

「ぁ……ああ」

コクコクコク……パアアアアアア☆

ポーションを自分で飲むくらいの力は戻っているようだ。いい回復薬で、飲むごとにダメージを負った内臓まで再構成されていくのを感じる。

よくよく考えると、正直助かったのは間違いなかった。あのままじゃ最悪死んでたかもしれない。

「……悪いな」

「?」

ポッリと礼を言うが、女はピンと来ないようで三つ編みをくてんっと垂れた。

「助けてくれたんだろ?」

「お互い様よ。これで貸し借りはなし」

ああ、さっきのキング・ゴブリンのときのことか。けっこう律儀なんだな。

「でも、こっちはケガまで治してもらったんだ。助かったよ」

「いいのよ。当然のことだわ。それに……」

女はレンズの水滴を払い、あの赤いメガネをスっとかけると、

「人命救助はファースト・キスにはカウントされないのだわ」

と静かに言った。

俺は急に『さっきは起きざまにゴシゴシと唇をぬぐったりして悪いことをしたな……』とひどく後悔したけれど、それについてはもう遅い話だった。


それから。

俺と女は川沿いを遡り、クロスを探しに行くことにした。

「あなたたちには追跡魔法をマークしていたの」

と、女。

なるほど、追跡魔法ね。俺を川から助けてくれたときもそのおかげか。

「エイガ！」

しばらく行くと、俺たちの姿を発見したクロスが駆け寄ってきた。

「クロス！　だいじょうぶだったか？」

「平気さ。お前の攻撃魔法くらいじゃたいしたダメージじゃない」

それはそれでちょっと複雑な気がするなぁと思ったが、

「ててて っ……」

と肋骨を押さえていたので、どうやらヤセ我慢らしかった。

「ごめんなクロス。あれしかなかったんだよ」

「わかってる。それより、オレを助けたせいでお前が流されちまったろ？　あれからどうしたんだ？」

「ああ。この女が助けてくれたんだ」

俺がそうやって親指で女を指さすと、

「ティアナよ」

と、赤いメガネがキラーンと光った。

それは酒場で聞いて知っているけれど……たぶん『名前で呼べ』ってことか。

「俺はエイガ」

「オレはクロスだ」

そこで、俺たちもめいめいに名乗る。

「……」

それにしても、こうして自己紹介し合うってのはなんだか少し照れ臭い。

だから、俺とティアナは眉間へシワをよせ仏頂面（ぶっちょうづら）を作っていたのだけれど、クロスだけは嬉しそうに笑って続ける。

「でもそうかぁ。ティアナちゃんがエイガを助けてくれたんだな。ありがとう！」

「ティアナちゃんはやめて！（汗）」

ティアナは内股をモジモジさせて顔を赤くしていた。

ドスーン、ドスーン……

さて、それはこうして3人そろったときだった。

どこからか、聞き覚えのある不穏な足音が聞こえてくる。

ドンドンドン!

そして、ドラミングの威嚇音。振り向けば、遠くでキング・ゴブリンが川上から攻め寄せてくるのが見えるではないか!

「ちっ、アイツ……崖から回って追ってきたんだな」

「どーするエイガ?」

「まあ、逃げるしか……」

と言いかけて、俺はクロスとティアナの顔を交互に見て気が変わった。

「と思ったけど、やっぱやっつけちまおう」

「え⁉」

「マジ?」

「ああ。ちょっと耳かせ」

そう言って3人で円陣を組み、すばやく作戦をたてた。

「……なるほどね」

「でも、オレの攻撃で倒せるのかってところだよなあ」

と不安がる勇者クロス。

「お前の【ギガ・ストライク】は雷の力を乗せて通常攻撃の2・5倍の攻撃力を引き出せるだろ。それにティアナの支援魔法で……」

「攻撃なら5秒間は2・5倍にしてみせるわ」

「ってことは……計6・25倍だ。これで勝てるだろ！」

「理屈じゃそうかもしれねーけど、ギガ・ストライクは雷の『タメ』に3秒は必要だし、タメからは視界が制限されるんだ。3秒間も敵が動かないなんてことはないから、実戦で当たったためしがないだろ」

「でも、だからこその『作戦』でしょう？」

そうこう話していると、いよいよキング・ゴブリンが目前に迫ってくる。

ドスーン、ドスーン……

「ここまで来たらやるしかない。頼むぜ、勇者」

そう言うと、まず俺たちは二手に分かれた。俺とティアナの組。クロスひとりの組である。

タッタッタッタッタ……

「ウホっ、ホ？」

「おらぁ！　キラド!!」

俺はティアナの手を引きながら、キラドを唱えた。

例によって俺の攻撃魔法は効かないが、注意を引くことはできる。その隙にクロスはヤツの背後へ回って気配を消した。

「ウホ！　ウホ！」

キング・ゴブリンの丸太のような腕が俺へ襲いかかる！

ガシ……！

しかし、俺は腕を十字に交差し、ヤツの攻撃を防御したのだった。

「ぐ、ぎぎ……」

そう。ティアナを連れた俺の防御力は２・５倍になっており、これならなんとか耐えることができるのだ。

「ウホー！」

さらにすばやさも２・５倍。ヤツのキックは直前で躱すことに成功する。

「よし、行けそうだ。ティアナ！」

そう合図するとティアナは戦線を離脱し、クロスの潜む方へ駆けていった。

「ウホッホッ！」

後衛の撤退を見ても、敵はかまわず俺への攻撃を続けた。そこらへん魔獣ならではの単純さはさっき見たとおりだ。

よし。これであのふたりが必殺の一撃を放てるよう、俺が敵の動きを止めていれば勝てる。

「ぎっ、ぐ……」

が、しかし。

ティアナが攻撃への支援へ回った今、２・５倍のすばやさと防御力はあと10秒しか持続しないことを意味する。その間になんとかヤツの動きを３秒以上は制限しないと……。

「ウホ！　ウホッホッ！　ウホオオォ!!」

くそっ、デカイくせになんて動きだ。過剰な筋肉による重いラッシュと上下左右を巧みに動き回るフット・ワーク。こんなに動き回ってたんじゃあクロスもタメ前に攻撃範囲を限定することはできないだろう。

ピシ！　バシ！　……ヒュンヒュン……ガシ！……

上昇した防御力で防御するものの、削りでダメージはかさむ。ダメージがかさめばこちらの反射速度は低下して、敵の攻撃への対応も遅れる。

「ホホー！　ホッ‼」

「っ！！！……」

そして、とうとう、クリーン・ヒットを喰らってしまった！　しかも、先ほど致命傷を喰らったボディ。

「かはッ……‼ッ」

傷は回復していたはずだが、身体がダメージを記憶していてぶり返すような衝撃が走る。思わず膝をつくと、すかさずヤツはミドル・キックを繰り出し、それは俺の肩口へヒットした。

どさ……

あえなく倒れ込むと、10秒のボーナス・タイムが終わる。

「ウホー‼　ウホー‼」

ドンドンドン！

俺を足元に勝ち誇るキング・ゴブリン。

そして、冗談じゃねえかと思われるほど巨大な足をゆっくりと振り上げ、トドメの『踏みつけ』にかかる。

ギシューーーーーーン☆☆☆

と、そのときだった。

青空の下で伸びのある雷撃が敵の胸を真っすぐに貫いたのは。

「ウホ?……」

勇者のギガ・ストライクだ。敵の最大の硬直時『トドメの瞬間』にきっちり合わせてきたのである。

ドスーン……

雷撃の余韻で青白い光がビリビリっと舞う中、キング・ゴブリンは振り上げた足を下ろすことなく真後ろへ倒れた。

勝てるといったのは俺だったが、まさかこんなスゲー威力になるとはな。

あれだけ吼え、地を揺らした敵が、断末魔もなく、静かなものである。

モンスターは、光の玉となってロック山の向こうへ飛んでいった。

「エイガー!」

「エイガ、しっかりして!」

【祝福の奏】により2倍の経験値が降り注ぐ中、向こうからクロスとティアナが駆け寄って来る。

それを見て俺は思った。

やっぱりこの組み合わせはイケてる。アイツらとならもしかしたら魔王級も——ってな。

◇

ロック山のボスが倒れ、ここら一帯のモンスター被害は目に見えて減ったそうな。

もちろんモンスターはゼロにはなっていないからクエストも冒険者もまだ残ってはいるのだけれど、そろそろレベッカの町は潮時かとクロスとは話していた。

もちろん、それはティアナをちゃんと仲間に誘ってからって意味だ。しかし、あれ以来仲良くなって3人で頻繁に遊びに行ったりはするものの、肝心なことはモジモジと言いそびれて、半月ほど無為な日々が過ぎていたのだった。

トントントン……

そんなある日。俺たちの泊まっている宿へいつものようにティアナが訪ねてきた。

「おう、ティアナ。遊びに来たのか?」

と、俺が聞くが、

「……いいえ」

と、なにやらいつもと様子が違う。

「じゃあ、クエストに誘いにきたのか?」

「違うの……その」

ティアナは肩へ垂れた三つ編みをひとつなでると、言った。

「私、もうこの町を出ようと思って……」

え……⁉

「だからお別れを言いに来たのだわ」

と言うので、また俺とクロスのミニ作戦会議が始まった。

「エイガ！　お前がいつまでもウジウジして誘わねえから！」

「そー言うんならお前が誘えばよかったじゃねえか！」

作戦会議というより単なる言い争いに終始していると、ティアナは青い瞳で怪訝そうにこちらをのぞき込む。

「どうしたの？」

「え、いや……。この町を出るって、いつのことだ？」

と尋ねる俺。

「ええ。もう魔動列車を取ってしまったの。今日、これからなのよ」

「ずいぶん急なんだな」

「……ごめんなさい」

「謝ることはねーって。あ、じゃあ……見送るからさ。ちょっと準備するけど、まだ時間だいじょうぶだろ？」

そう言うとティアナはうなずくので、俺たちは大慌てで宿を出る支度をした。クロスにはすべての荷物をまとめ宿泊代を払ってもらい、俺は走って今日の魔動列車の切符を2枚買って戻って来る。

「はーはー……待たせたな」

「？　……なんで息が切れているのかしら？」

「別に。細かいこと気にすんなって。さ、列車に遅れちゃいけない。行こうぜ」

ザッザッザ……

俺たち3人はレベッカの町の、あの細く入り組んだ路地をとぼとぼと歩いて行った。

赤い屋根に、白い壁の棟々。

通りをバタバタと走る子供たちの足音、表で婦人が洗濯をする石鹸の香り、ボロを着て安タバコを吸う老人の佇まい……そうしたすべての生活の美しさが、歩く俺たちを無言にさせた。

やがて駅前の道へ出る。そういえば、ここで女神の瞳を開いててぶつかったんだっけ。

「あのさ、ティアナ」

俺はいよいよと思い口を開く。

「な、なな、なにかしら？」

「えっと、そ、その。な、なかま……い、いや！　なんでもない」

「そう……」

ティアナは三つ編みをシュンっとさせて言った。

「……じゃあ、ここまででいいわ」

「いや、ホームまで行くよ」

「悪いもの」

「行くって」

そう。俺は歩きながら何度も彼女をパーティのメンバーに誘おうと切り出そうとはしていたんだ。ちゃんと仲間になって、実は切符を取っていたからこのまま同じ魔動列車に乗って、３人で新たな土地へ冒険へ行く……ってストーリーはできていた。

しかし、冒険者でない者にはわからないかもしれないが、『仲間になってほしい』というのは、少年が初恋の相手に告白するような恥ずかしさに似たものがあり、また、それだけの熱量と勇気が必要なのである。

俺はティアナと冒険がしたい。俺たちは相性ピッタリで、特性もガッチリ嵌っているとも思う。で、たぶんティアナもそう思ってくれているのだ。俺たちと冒険がしたいと思い、相性のよさも感じているだろう。そして、俺たちが仲間に誘ってくるのをこの半月ずっと待ってくれていたに違いないのだ。

そうは思うが……でも、それがぜんぶ俺の勘違いだという可能性もある。で、もしパーティに誘って断られたら、そのショックと恥ずかしさは計りしれないものがある。


ポオオオオオ！　……ポオオオオオ!!……

汽笛が鳴る。

とうとう仲間に誘うことはできなかった。

魔動列車がホームへ停車すると、車掌がガラガラと鉄柵を開ける。

「さよなら」

ティアナは別れを告げて魔動列車へ脚を伸ばした。

そして、右のヒールが乗り、残された左のヒールがホームを蹴りかけたとき。

「ティアナ！」

俺はたまらなくなって叫んだ。

「ティアナ……。仲間になってほしいんだ。俺たちと一緒に冒険しよう」

胸につっかえていたものをぜんぶ言い切ると、フワっとした解放感の次に、すぐ、猛烈な恥ずかしさでカァァァ！　っと顔が熱くなる。

俺は目を閉じ下を向いていたが、

「……はい」

と返事が聞こえたような気がする。

ハッと顔をあげると、ティアナは笑顔でいてくれて、青い瞳をキラキラ輝かせながら俺へ飛びついてきた。

《奇跡の軌跡：2　へ続く》

あとがき

本作の小説担当、黒おーじです。

ここまでお読みくださりありがとうございました。お楽しみいただけたなら嬉しいです。

本作『育成スキルはもういらないと勇者パーティを解雇されたので、退職金がわりにもらった領地を強くしてみる』Ｗｅｂサイト「小説家になろう」のランキングで多くの方にご注目いただき、そのことがキッカケでこうしてＧＡノベル様から書籍にさせていただくことになった物語です。その間、様々な方に応援、相談、ご協力をいただきました。本当にありがとうございます。


さて、せっかくの『あとがき』ですから、ちょっと本編では言えないことを言えたらと思います。

まず、本作の世界観について。

この作品の世界はいわゆるドラクエ、ＦＦを祖に持つ和製洋風ファンタジーめかしていますが、時代設定としては中世の雰囲気を保ちつつ「19世紀くらい」としております。だから文明レベルも高いし、魔法産業化した社会に「魔法大学校」なるものが存在する。これは登場人物の心を、現代の我々に近いものとして描きたかったからです。

次に、極東文化圏と領地の遠雲（とくも）についても触れておきましょう。

言うまでもないかもしれませんが、極東文化圏のモデルは日本です。西洋ファンタジーで魔法のパワーを動力にした船がその世界中を回れるなら、どこかで日本みたいな文化圏に行き着いても不思議じゃない……みたいなことはみんな考えますでしょう？

　そして、エイガの領地、遠雲ですが、これは遠野物語の『遠野（とおの）』とスサノオ伝説の『出雲（いずも）』がモデルになっています。その一字ずつを取って遠雲と名付けました。

　というわけで遠雲の領民たちは「昔話に出てくるような田舎の日本人」って感じなのですが、現代の我々の感覚はむしろエイガやクロス、ティアナといった勇者パーティの方に近いのではないでしょうか？

　この「ねじれ」が、作品のテーマに必要だったのです。

　そもそも。エイガのように強烈な自我を持ってしまったヤツは、もう遠雲の人々のように生きることはできません。それはちょうど我々が昔の日本人に戻ることはできないのと同じようにできないのです。でも、エイガみたいに強い個を持ったヤツは、山の上から遠雲の人々のワチャワチャとした活力に価値を発見することはできる。この価値の「発見」ということはあるがままに活動している遠雲の人々自身にはできないことであるから、そこに「領主、育成者の視点」という存在意義が生まれます。少なくとも「そういう居場所の見つけ方はありうる」と考えるだけでちょっと救われた気持ちになるよね……というのがこの作品の最初のテーマです。

　長い間こういうテーマを描きたいなあとは思っていたのですが、でも私はそれを明るく、ライトな調子で、サクサク読める小説で描きたかった。で、あの長いタイトルを思い付いたときに「あ、行けるな」と思ったのでした。

　そして、世界を美しく、ちょっと寂漠（せきばく）を込めて、会話に笑いがあり、お尻がぷりっとして、領地に活力と発展があれば、けっこう愉快で楽しい物語になるんじゃないか……と思って書き始めたのです。

これからもこの作品は、そんなお話にしていければいいなと思っています。

ところで、ありがたいことにこの物語は小説の書籍化と同時にコミカライズされる運びとなっております。漫画を担当くださるたかはし慶行(よしゆき)様は漫画ならではの魅(み)せ方でこのお話を展開してくださっているので、ぜひご覧いただければと思います！

そして最後になりましたが、イラストを担当くださったｔｅｆｆｉｓｈ様、書籍化にあたりご尽力くださった編集Ｓ様、ＧＡノベル編集部様へ、この場を借りてお礼申し上げます。特にｔｅｆｆｉｓｈ様の素晴らしい才能の恩恵を受けられたことは、本書にとって最大の僥倖(ぎょうこう)と思っております。

また繰り返しになりますが、本書を手に取ってくださったみな様へ再度感謝いたします。本当にありがとうございました。

次巻も、ふんどし娘たちの活躍にご期待ください！

育成スキルはもういらないと勇者パーティを解雇されたので、退職金がわりにもらった【領地】を強くしてみる

2020年1月31日　初版第一刷発行

著者　黒おーじ

発行人　小川 淳

発行所　SBクリエイティブ株式会社
〒106-0032　東京都港区六本木2-4-5
03-5549-1201　03-5549-1167(編集)

装丁　AFTERGLOW

印刷・製本　中央精版印刷株式会社

ISBN978-4-8156-0235-2
Printed in Japan

ファンレター、作品のご感想をお待ちしております。

〒106-0032　東京都港区六本木 2-4-5
SBクリエイティブ株式会社
GA文庫編集部 気付

「黒おーじ先生」係
「teffish 先生」係

本書に関するご意見・ご感想は
下のQRコードよりお寄せください。
※アクセスの際に発生する通信費等はご負担ください。

試読版は
こちら!

試読版は
こちら!

八歳から始まる神々の使徒の転生生活

著：えぞぎんぎつね　画：藻

最強の老賢者エデルファスは、齢120にして【厄災の獣】と呼ばれる人類の敵と相討ちし、とうとうその天寿を全うしようとしていた。もう思い残すことはない。そう思って神様の世界に旅立ったエデルファスだったが——。

「厄災の獣は、確かに一時的に眠りにつきましたね。ですが……近いうちに復活しますよ？」

女神にそう告げられたエデルファスは、厄災の獣を倒すため、再び人の世に戻ることを決意すると、神々のもとで修行を積み、8歳の少年・ウィルに転生する。慕ってくれる天真爛漫な妹・サリアを可愛がりながら、かつての弟子たちが創設した「勇者学院」の門を叩くウィル。彼はそこで出会った仲間やもふもふな生き物とともに今度こそ厄災の獣を倒すため、立ち上がって無双する!!

貴族転生２ ～恵まれた生まれから最強の力を得る～

著：三木なずな　画：kyo

皇帝の十三番目の子供という生まれながらの地位チートに加え、生まれつきレベル∞、かつ、従えた他人の能力を自分の能力にプラスできるというチートスキルを持った世界最強の６歳・ノア。帝位継承ランクが低いため、気ままに過ごしていた彼は、持ち前の公平さ、清廉潔白さを以て、弱冠６歳にして数多くの仲間や水の魔剣レヴィアタンを従え、最強の力、最強の部下を揃えてゆく。

そこに皇帝からの譲位を待ちきれない皇太子アルバートがクーデターを画策して、事態は俄に動き始める——!!

今回新たに炎の指輪ルティーヤー、六大精霊の紅一点フワワ、有能な間諜ドンを配下に加えたノアは、皇帝親衛軍の提督を任じられ、地上最高の権力者である皇帝の座に、また一歩近づいていく!!

スライム倒して300年、知らないうちにレベルMAXになってました11
著：森田季節　画：紅緒

300年スライムを倒し続けていたら――駅伝に参加することになってました！？

「ここ異世界だったよね！？」なんて心の中で盛大にツッコんだ私ですが、家族がやる気みたいなので、頑張りたいと思います（勝つよ！）。

ほかにも、月の精霊と音楽フェスを企画してみたり（るなるな～♪）、リヴァイアサン姉妹の休日を見学したり（セレブだった！）、可愛い双子娘がプチ家出をしちゃったりします！　……ってええ！？

巻末には、ライカのはちゃめちゃ"学園バトル"「レッドドラゴン女学院」も収録でお届けです！！